BUR
rizzoli

Lorenzo Licalzi in BUR

Vorrei che fosse lei

Andrea Zanardi è il più grande seduttore sulla piazza. Per capire il segreto del suo successo parte per un monastero buddhista, dove entra in contatto con la sua spiritualità e ripercorre la sua vita sentimentale. Dal primo bacio alla ragazza con l'apparecchio fino alla prima, castissima (ma solo con lui) fidanzata, la meditazione di Zanardi è un esilarante inventario di donne.

Narrativa - Pagine 224 - ISBN 1701625

LORENZO LICALZI

Che cosa ti aspetti da me?

BUR
rizzoli

ISBN 978-88-17-01149-5

Prima edizione Rizzoli 2005
Prima edizione BUR Narrativa giugno 2006
Quinta edizione BUR Narrativa marzo 2009

Che cosa ti aspetti da me?

1.

Guardando una crepa sul soffitto

Ora che sono vecchio, e stanco, e solo, se mi guardo indietro mi sembra che la mia vita sia la vita di un altro. Le persone che amavo non ci sono più. Una dopo l'altra sono state inghiottite dagli anni. Mi restano solo i ricordi, ma non bastano. Sono ricordi vuoti che la memoria non riesce a ritrovare con l'intensità di un tempo. Frammenti aridi, come anestetizzati da qualsiasi emozione tanto da sembrarmi anche quelli i ricordi di un altro. Non è la memoria che ho perso ma la nostalgia del ricordare. L'ictus, che mi ha paralizzato un lato del corpo, non ha risparmiato la mente, non del tutto, almeno. Ancora ragiono bene, ma alle volte mi perdo, confondo i tempi, gli spazi, i gesti e le parole. Confondo i pensieri. E anche quando ritorno me stesso, non sono mai il me stesso che ero, ma quello che la vecchiaia mi ha concesso di essere, un uomo che vive i suoi giorni con grande distacco, non solo dagli altri, perfino da sé. Eppure, nei sotterranei della coscienza, l'essenza ultima della mia persona non è cambiata, è la stessa di quando avevo vent'anni o quattordici o nove, forse.

Senza la purezza di quei tempi, d'accordo, senza fremiti o entusiasmi, addomesticata dalle vicissitudini della vita, annichilita dalla malattia, ma il mio essere più profondo, ora lo so, non è invecchiato. Io ho l'anima del bambino che ero e il corpo del vecchio che sono.

Ogni mattina mi sveglio da un sonno leggero di poche ore, apro gli occhi che è buio e aspetto, guardando una crepa sul soffitto, che mi vengano a tirare via da questo letto nel quale sono affondato.

Qualche infermiera è gentile, ma anche la gentilezza ormai mi infastidisce, soprattutto se, come capita spesso in questa casa di riposo, è sporcata da un velo di ipocrisia, o di pietà, che per me è anche peggio.

Quasi tutte mi danno del tu, mi lavano sbrigative e mi siedono su una carrozzella sghemba. Le più gentili mi trattano come un bambino o un minorato mentale, le altre come un pesante oggetto da spostare. E ieri una ausiliaria che si chiama Lina o Tina o Pina, non so, mi ha detto che sono scemo.

Sono nato a Roma da padre argentino e madre italiana. Mio padre, Gulliermo Perez, è stato per un certo periodo il vice ambasciatore del suo paese in Italia. È morto quando io avevo tre anni, lui quarantasei. Di mio padre non ricordo nulla, di lui mi è rimasto solo il cognome: Perez, Tommaso Gulliermo Perez, e il doppio passaporto, che non uso più da trent'anni.

Ho trascorso la mia giovinezza nella Roma di prima della guerra, quando si faceva il bagno nel Tevere o nel mare pulito di Ostia. Era la Roma affascinata da Mussolini, abbagliata dalla sua megalomania. La Roma dei Balilla e dei Giovani Avanguardisti esaltati nelle loro divise. La Roma dei progetti faraonici, sventrata e ridisegnata dagli architetti del fascio, prima che dalle bombe degli alleati. La Roma in bianco e nero dei cinematografi, della propaganda, delle baracche abbattute senza curarsi della gente che le abitava o nascoste dai cartelloni pubblicitari. La Roma delle conquiste africane, delle imprese di Balbo, della prima visita di Hitler che ho tentato di guardare negli occhi in mezzo a migliaia di bandierine sventolanti per cercare di capire realmente chi fosse, sperando di non vedere il lampo della sua follia. La Roma che nelle farneticazioni del Duce doveva avere un "Destino Imperiale" e che invece era a un passo dalla rovina.

In quella Roma ho studiato fino al terzo anno dell'Università, poi, grazie a una borsa di studio, a qualche buona conoscenza di mia madre e molta fortuna, sono andato a terminare gli studi al St John College di Cambridge. E in Inghilterra mi sono laureato, ho lavorato, mi sono sposato. Il servizio militare non l'ho fatto: "figlio unico di madre vedova", e forse chissà, la morte di mio padre mi ha salvato la vita. Sono rientrato in Italia, di nuovo a Roma, molto tempo dopo, agli inizi degli anni Sessanta, per lavorare all'Istituto di fisica di via Panisperna prima e all'Osservatorio di Monte Mario dopo, fino alla pensione. Ero un fisico nucleare, ho vissuto gli anni delle grandi scoperte della meccanica quantistica. Sono stato per molto tempo assistente di Paul Dirac; è stato lui a volermi al suo fianco, lui che al St John aveva la stessa cattedra che fu di Newton, quella di "Lucasian Professor" di matematica pura. E ieri una ausiliaria mi ha detto che sono scemo, chissà, forse lo avrebbe detto anche a Dirac se fosse ancora vivo e vecchio e decrepito come me. Ero amico di Paul, per quanto si possa essere amici di un genio assoluto, di un uomo taciturno e solitario, tutto preso dalla bellezza della matematica, fino a convincersi, forse non a torto, che una teoria se non è bella non può essere vera. E poi ho conosciuto Fermi e Heisenberg e Einstein e Bohr e Feynman e tanti altri. Anni fantastici, quelli, irripetibili. Quasi non passava giorno che da ogni parte del mondo non arrivasse notizia di qualche nuova scoperta, di qualche nuovo esperimento che ci lasciava increduli e sconcertati. Abbiamo guardato per la prima volta l'atomo da vicino e ci siamo persi dentro panorami inconcepibili. Nel nucleo dell'atomo tutto è il contrario di tutto, con la ragione si fa poca strada, è la controintuitività la chiave per capirci qualcosa. Le particelle subatomiche cambiano a seconda di come le guardi, possono essere corpi o onde, dipende. Dipende da te. Anzi sei tu a farle cambiare in base agli strumenti che utilizzi per osservarle, e dopo... dopo l'Universo non sarà più lo stesso. Ogni giorno noi modificavamo la forma dell'Universo, forse addirittura ne segnavamo il destino, e non capivamo nemmeno come fosse possibile. Perché, per intenderci, sarebbe come guardare una persona con un paio di occhiali e vederla donna, oppure con un altro e vederla uomo, e poi, dopo, una volta guardata, farla restare per sempre così! Io ero uno dei tanti, per carità, non sono nemmeno riuscito a dare il nome a un'equazione minore, ma intanto c'ero. Ero lì che cercavo la particella di Dio, quella che in qualche modo ne avrebbe dimostrato l'esistenza smentendo il caso come unico burattinaio degli assurdi tracciati di tutte le altre. E ieri quell'ausiliaria che si chiama Pina o Lina o Tina, non so, e che ha la quinta elementare, mi ha detto che sono scemo.

Passava davanti alla porta della mia camera e io l'ho chiamata biascicando qualche parola e alzando faticosamente il braccio destro, l'unico che riesco a alzare, perché volevo andare in bagno:

«Cosa c'è?» mi ha chiesto perché non ha potuto far finta di non avermi visto, o sentito, come capita spesso qui dentro.

«Devo andare in bagno» le ho detto.

«Ancora?»

«Veramente è la prima volta, credo.»

«No, dico, ancora lo chiedi a me?»

«E secondo lei a chi dovrei chiederlo, scusi?»

«Insomma nonno, sei proprio scemo allora, è già la terza volta questa settimana che mi chiedi di accompagnarti in bagno. Non devi chiederlo a me, non so più come dirtelo. Io faccio le pulizie, ormai dovresti saperlo, e poi hai il pannolone, non c'è bisogno che vai in bagno.»

A parte il fatto che non sono il nonno di nessuno, aveva ragione, ho il pannolone e in ogni caso non era lei che dovevo chiamare, ormai dovrei saperlo. Ma mi dimentico, mi dimentico di avere il pannolone figuriamoci se riesco a ricordarmi che una faccia così non deve accompagnare la gente a pisciare.

Eppure mi sarebbe piaciuto alzarmi di scatto, sbatterla contro il muro con tutta la forza che avevo e gridarle sul muso ottuso: «Brutta stronza di una Pina o Tina o Lina o come di cazzo ti chiami, è un'ora che suono il campanello e non viene nessuno, me ne fotto se fai le pulizie, ora mi porti a pisciare perché non voglio farla nel pannolone, adesso muovi quel culo basso che hai e mi porti a pisciare».

Mi sarebbe piaciuto leggere in quei suoi occhi spenti un lampo di terrore misto all'incredulità per il gesto, per il tono, per la rabbia.

Mi sarebbe piaciuto poi spingerla via e in bagno andarci da solo e fare la cosa più semplice che un uomo possa fare: la pipì. Mi sarebbe piaciuto provare di nuovo il piacere liberatorio del getto a lungo trattenuto. Invece ho annuito e mi sono ricordato che avevo il pannolone e che forse la pipì l'avevo già fatta e non sapevo nemmeno più perché volevo andare in bagno.

2.

Sembra una storia comica, invece è tragica

Sono entrato in questa casa di riposo quattro anni fa, e per tutto il primo non ho aperto bocca.

L'ictus mi ha sorpreso una mattina di aprile, due giorni dopo il mio settantottesimo compleanno. Ero a casa, avevo appena fatto colazione, ero solo, dalla sera precedente avevo una leggera emicrania, ma non le avevo dato importanza. La prima sensazione è stata strana, di sorpresa, non riuscivo a deglutire, masticavo un biscotto e non riuscivo a mandarlo giù. Allora mi sono alzato per andare in cucina a bere un bicchiere d'acqua e ho avuto un giramento di testa. Sbandavo. Ho urtato contro una porta. Mi sono appoggiato a un mobile e subito mi è salita la nausea, forte e violenta, mista a un senso di stordimento. Sono tornato indietro e mi sono seduto al tavolo della cucina. La stanza mi girava attorno e gli oggetti li vedevo doppi, ricordo benissimo la tazzina del caffè che si sdoppiava. Una fitta alla tempia destra e tutto in me s'è oscurato. Ho sentito un rumore sordo, forse del mio corpo che cadeva o chissà, del mio cervello che si spegneva. Mi sono risvegliato in ospedale trafitto da cannule e tubicini. Mi aveva trovato per terra, incosciente, la donna delle pulizie. Un maledetto coagulo sulla parete di un'arteria cerebrale aveva impedito l'afflusso del sangue al lobo temporale dell'emisfero destro, paralizzandomi completamente la parte sinistra del corpo. 'Fanculo.

In ospedale è stata dura, forse ancor più dura che qui. Non ero ancora allenato alla sofferenza fisica – a quella dell'anima sì, quella la conoscevo bene – ma soprattutto non ero ancora preparato all'idea della paralisi. Non avevo la cognizione della malattia. Ho dovuto rivedere tutti i miei schemi corporei, e non è stato facile. I primi tempi il mio cervello ordinava alla gamba di muoversi, e quella non si muoveva, ma il mio cervello non se ne accorgeva. Due mesi di ricovero, tormentato inutilmente da un fisioterapista, e poi la dimissione, ma siccome ero solo al mondo e non più autosufficiente e non avevo i soldi necessari per pagare qualcuno che mi accudisse giorno e notte, le assistenti sociali mi hanno trovato un posto qui. Dove si prendono la pensione e gran parte del denaro derivante dall'affitto di casa mia, che ho dovuto lasciare.

Non ho mai pensato ai soldi nella mia vita, non ho mai messo niente da parte e per molto tempo ho lavorato per l'Università come "borsista". Così neppure la mia pensione è un granché; mi ha consentito di vivere dignitosamente ma non di ammalarmi nello stesso modo.

Intendiamoci, non posso dire che sia brutto il posto dove vivo, se fosse un asilo, ad esempio, sarebbe bellissimo. A vederlo da fuori sembrerebbe un albergo. È una palazzina di tre piani, senza considerare l'ingresso da cui partono gli ascensori. Al primo ci sono i servizi, le cucine, la sala da pranzo, la palestra per la fisioterapia, il salone, una piccola sala lettura e un grande giardino pensile. E sopra le camere, tutte piuttosto asettiche e arredate in modo essenziale, ma funzionali, almeno per le nostre esigenze. Insomma, non è certo un posto di lusso ma neppure fatiscente. Parliamoci chiaro, non voglio essere compatito, non voglio passare per il povero vecchietto abbandonato nell'ospizio-lager. Ciò che rende tragico questo posto sono le persone che lo abitano, sono io... siamo noi. Sono i vecchi, costretti a vedere negli altri che vivono qui il riflesso della loro vecchiaia. Ed è questo che ci disturba, in fondo, e che disturba i giovani, perché guardandoci vedono il riflesso del loro destino.

Entrare in una casa di riposo per un vecchio significa invecchiare di colpo di dieci anni. Regole, abitudini, spazi, cose, gesti consueti, intimità, piccoli livelli di autonomia spazzati via in una notte, in un giorno. Il primo giorno, col primo passo dentro a quella stanza dove morirai.

A proposito di intimità, la mia stanza è a quattro letti, l'unica di tutta la casa di riposo, la più economica. La singola costava troppo e in ogni caso non m'interessava, sarei stato solo comunque, come lo sono in questa camera quadrupla. D'altra parte l'intimità è un lusso che un vecchio come me non si può permettere, quando ogni mattina vengono in due a cambiarti un pannolone pieno di piscio, due che magari non hai mai visto, e che magari mentre lo fanno parlano dell'ultimo reality di successo, l'intimità l'hai perduta per sempre.

La camera la divido con tre tizi. Uno poveraccio, ha l'Alzheimer, si chiama Bernabei, un ex (ma qui dentro siamo tutti degli ex) colonnello dell'esercito. Uno che durante la Seconda guerra mondiale ha comandato un battaglione di alpini guadagnandosi due medaglie e che ora non riesce neppure a comandare il cervello.

È come un bambino, gioca con un fazzoletto e chiama la mamma. Non riconosce nessuno, non sa dov'è – beato lui – e probabilmente non sa neppure chi è. Ogni tanto si spaventa e si mette a strillare, ma spesso è tranquillo, ti sorride e ti dice sempre grazie. Doveva essere un brav'uomo, un buono, perché l'Alzheimer non fa sconti, ti mette a nudo l'anima, e spogliandoti di tutto sveste anche il cuore.

Un altro, Antonio Fardi, è un cosiddetto autosufficiente. È un vecchio collerico e scontroso. Fisicamente è ancora una roccia: basso di statura, tozzo, con le spalle larghe e le gambe corte e massicce. Ha delle mani enormi e un faccione rotondo e rubizzo, una di quelle facce che non si vedono più, sembra un contadino d'altri tempi… dei miei. È vedovo, prima viveva col figlio e la nuora, ma poi, dopo la nascita del nipotino, la casa era diventata troppo piccola per tutti, così lo hanno messo qui. Succede, invece di adattarsi o cercare una casa con una camera in più, i figli preferiscono restare nella stessa con un vecchio in meno. Come si fa a dargli torto. Peccato che la casa fosse di Fardi.

È sempre arrabbiato, soprattutto col colonnello,

che non lo fa dormire perché tutta la notte chiama la mamma. Inizia piano, con un rantolo quasi impercettibile, poi a poco a poco sempre più forte... mamma... maaamma... maaaamma.

Una notte Fardi ha perso il controllo e gli ha dato un colpo in testa, ma non è servito, Bernabei gli ha detto grazie e ha subito ripreso a chiamare la mamma, ancora più forte perché secondo me ha realizzato che sentiva male. Allora ho detto a Fardi di provare a sussurrargli che la mamma stava arrivando e di cantargli una ninna nanna. Lui mi ha guardato carico di livore e mi ha mandato affanculo, mi ha detto proprio così, "vaffanculo" e poi ha aggiunto anche "stronzo". Magari invece avrebbe funzionato, chissà. Affari suoi, ho pensato, intanto a me i lamenti di Bernabei non danno fastidio. Quando il suo rantolo diventa lamento io sono già sveglio a pensare al grande vuoto che mi circonda. E poi qui di notte non dorme nessuno, solo gli infermieri.

Il mio quarto compagno di stanza è un certo Schiavone, neppure lui è infastidito dal colonnello Alzaìmme (così lo chiama Schiavone) perché di notte dorme che non lo sveglierebbe neppure un terremoto e russa che pare venga giù una valanga. Infatti Fardi ogni tanto se la prende anche c… lui, gli urla di piantarla, lo strattona, gli tappa l…
ma anche quando riesce a svegliar…
risponde di non rompergli i coglio…
tra parte. Schiavone è un napolet…
na salute ma leggermente claud…
no, ha il viso sottile dai lineame…
una vaga somiglianza con Totò…

bili e furbi, penetranti, e i pochi capelli, ancora nerissimi, li porta tutti tirati indietro e brillantinati, come se gli avessero spalmato in testa un velo di catrame. Ha i baffi, due baffetti sottili che liscia di continuo. Indossa spesso dei colorati foulard di seta e un vistoso anello al mignolo, e una volta l'ho visto pure con degli imbarazzanti mocassini bianchi. L'ultimo (in tutti i sensi) dei gagà, insomma. Prima di andare in pensione faceva l'usciere in un ufficio statale nel cuore di Napoli. Anche se ne dichiara dieci di meno, ha settantasette anni (ho visto la sua carta di identità), ed è un personaggio notevole, uno dei pochi con cui mi piace parlare, ogni tanto, l'unico che riesce a strapparmi un sorriso. A Schiavone piacciono ancora le donne, sono sempre state la sua passione, e con la vecchiaia invece di calmarsi s'è appassionato ancora di più. Pare che tra Ischia e Capri, ai suoi tempi, abbia fatto vere e proprie stragi, e racconta con enfasi di aver fatto la comparsa in un film di Vittorio De Sica. I figli lo hanno portato qui dopo che tre badanti si erano licenziate perché lui le importunava. Mi racconta sempre che gli hanno detto: «Scegli, o resti a casa tua a Napoli però ti facciamo assistere da un uomo, oppure vieni in una casa di riposo di Roma, così almeno sei più vicino a noi». Erano certi che, piuttosto che finire in una casa di riposo e neppure di Napoli, lui avrebbe accettato un uomo, e invece no, ha preferito venire qui. Veramente ha tentato di convincere i figli che era in grado di vivere da solo, ma dopo che per due volte ha lasciato il gas aperto rischiando di far saltare l'intero palazzo si è dovuto arrendere. In ogni caso qui se la spassa.

«Sapete professò» mi dice, «restà in chillo tugurio dove vivevo ncopp' 'o quartiere e pure con un uomo non ci pensavo proprio, allora aggio preferito venire cà. Cà songo quasi tutte femmene, e grazie a Dio la voglia di scopà non mi manca, e neppure a loro, fidateve professò, lasciatevillo dire da uno che di femmene se ne capisce.»

È qui da meno di due anni e si vanta di aver fatto all'amore con sei ricoverate. Di queste sei però, quattro sono morte. Una l'anno scorso, due quest'estate, (non hanno resistito al caldo torrido) e una un mese fa, una brutta polmonite, credo. Un'altra poi, la signora Ferri, una splendida, si fa per dire, settantasettenne quasi autosufficiente, non è più in grado di fare all'amore perché tre mesi fa è caduta e si è rotta un femore. Da quel giorno le sue condizioni sono precipitate, costringendola a subire l'onta delle piaghe da decubito, e nemmeno a Schiavone, per quanto sia di bocca buona, passerebbe per l'anticamera del cervello di far l'amore con una che ha le piaghe da decubito. D'altra parte quando hai una fidanzata di quasi ottant'anni questi rischi li devi mettere in preventivo. «Professò, non autosufficienti ancora ancora, intanto int' 'o letto sò tutte distese, ma con le piaghe da decubito proprio nun me la sento» mi ha detto un giorno rammaricandosi di non poter più far l'amore con la Ferri. Ormai pare gli resti solo la dottoressa Giannelli, una pensionata della Provincia, che però, mi dice, si rifiuta di fargli pompini, e questo per Schiavone è un problema. I migliori pompini della sua vita glieli avrebbe fatti proprio una di quelle che sono morte l'estate scorsa, ed è forse per questo che all'epoca l'ho visto così affranto. Mi racconta che oltre a essere bravissima di suo, per farglieli si toglieva la dentiera. A sentir lui è un viaggio oltre i confini del piacere. Ma la più bella il mio amico Schiavone l'ha combinata un mese fa. Approfittando di un breve ricovero della dottoressa Giannelli, che sembrava essere molto gelosa di lui, ha imbastito una tresca con una infermiera in pensione che per arrotondare viene qui a fare qualche notte la settimana in nero. Pare che con questa infermiera avesse concordato, ovviamente in cambio di vile denaro, un appuntamento galante in una camera libera verso le nove e trenta di sera. Orario abbastanza tranquillo, visto che gli anziani sono tutti a letto e "ben sistemati", il "giro" delle medicine è completato e di solito i primi campanelli iniziano a suonare verso le undici. Non so come, il buon Schiavone era riuscito a procurarsi una pastiglia di quel nuovo medicamento che si chiama Viagra. Si era informato per bene sulla posologia e sapeva che il massimo effetto del farmaco lo ottieni a un'ora dall'assunzione, meglio se a stomaco vuoto. Quella sera Schiavone non aveva cenato adducendo vaghi malesseri di stomaco. «Non mangi, Schiavone?» gli aveva chiesto l'infermiera vedendo il suo piatto di minestra intatto. «Nun tengo fame, aggio male a 'o stommaco» le aveva risposto lui portandosi le mani sulla pancia e massaggiandosela come in quella vecchia pubblicità del digestivo Antonetto. Ho pensato che dovesse stare veramente male perché in due anni non gli avevo mai visto lasciare qualcosa nel piatto, eppure non mi convinceva, lo vedevo troppo arzillo. Alle otto e trenta, poco prima del cambio di turno delle infermiere, il buon Schiavone aveva ingurgitato la sua brava pillo- letta e si era piazzato davanti alla televisione in attesa dell'incontro che voleva fosse indimenticabile, soprattutto per l'infermiera in pensione, forse sperando in ulteriori amplessi gratuiti, visto che per ottenere le attenzioni erotiche della "ragazza" si era economicamente dissanguato. Per sua sventura però, l'infermiera, forse a seguito di un rigurgito di dignità, ha saltato il turno, si è data malata e si è fatta sostituire da Rossetti, un energumeno che tira su i vecchi con una mano sola. Posso immaginare la faccia di Schiavone quando ha visto che al posto dell'infermiera c'era Rossetti. Alle dieci l'eccitazione di Schiavone, anche a causa di un programma di varietà, si era fatta incontenibile e così ha pensato bene di infilarsi nel letto della signora Ferri, la sua ex fidanzata ora con le piaghe da decubito, che ovviamente non ha accettato le sue *avance* mettendosi a strillare come un'ossessa, mentre lui, il mio amico Schiavone, le aveva già strappato il pannolone (mi chiedo cosa sarebbe successo se il fattaccio fosse accaduto quindici giorni prima quando la signora Ferri aveva ancora il catetere). È tutto vero, ho sentito con le mie orecchie le urla della signora Ferri e i particolari me li ha raccontati lo stesso Schiavone. I parenti della signora Ferri lo volevano denunciare, ma poi hanno desistito per non coprirsi di ridicolo, la direttrice lo voleva mandare via, ma poi ha desistito perché a milleduecento euro al mese più extra non si rinuncia a cuor leggero. Così hanno deciso di somministrargli abbondanti dosi di bromuro diluito nel latte la mattina – questo almeno è quanto mi ha detto un'infermiera – che hanno reso Schiavone un agnellino. Povero Schiavone, bisogna che glielo dica prima o poi di non bere più il latte a colazione, di far finta di berlo, cioè, e buttarlo nel cesso. Sembra una storia comica, invece è tragica. Io ho smesso di fare l'amore pressappoco a sessantacinque anni, non avevo più desiderio, ma non avevo più desiderio perché mi sentivo ridicolo e provavo imbarazzo a spogliare mia moglie... Già, mia moglie...

3.
Per fortuna che c'è Elena

Mia moglie è morta dodici anni fa e mi sembrano cento, ma credo che mi sembrerebbero cento anche se fosse morta ieri. I ricordi più antichi, alcuni almeno, li ho scolpiti nella memoria come bassorilievi sul marmo, quelli più recenti, invece, tendono a sfumare come foto sbiadite. Ci sono giorni in cui la mia lucidità è assoluta e la mia memoria discreta, altri invece in cui tutto è più distante, confuso, e faccio fatica a ricordare.

Si chiamava Karen, mia moglie, era inglese, suo padre era uno dei professori più temuti dell'Università. Quando l'ho conosciuta, era all'ultimo anno di biologia. Ricordo come fosse oggi il giorno in cui per la prima volta le rivolsi la parola. Ricordo la scena, i rumori, perfino gli odori di quel posto, ma stranamente è un ricordo in bianco e nero, privo anche quello di qualsiasi emozione. Erano sei mesi che la guardavo e non trovavo il coraggio di parlarle. Poi una sera, in un pub che eravamo soliti frequentare, un piccolo e fumoso locale proprio davanti all'Università, presi il coraggio a due mani e mi lanciai in un imbarazzatissimo approccio. Con le gambe tremanti per la timidezza e la voce un po' incerta per l'emozione mi avvicinai al suo tavolo e le chiesi se potevo offrirle da bere. Quello che rispose lo ricordo bene perché mi stupì, non era facile che a quei tempi una ragazza rispondesse così. Mi osservò, seria, tanto che per un attimo temetti che mi dicesse di no e poi mi disse: «Se vuoi che ti faccia passare l'esame con mio padre una birra non basterà, dovrai offrirmi da bere per tutta la vita». Poi, mentre io la guardavo perplesso, si aprì in un sorriso e aggiunse: «Certo che ce ne hai messo di tempo eh, cosa aspettavi? Che te lo chiedessi io? Lo avrei fatto sai, ancora sei mesi e lo avrei fatto». E questa volta ci mettemmo a ridere tutti e due. Quando uscimmo dal bar dopo essere stati più di due ore a parlare e a bere e a ridere e a sentirci già intimi come non mi era capitato con nessun altra donna prima di allora, l'accompagnai a casa e davanti all'uscio le chiesi: «Cosa fai domani?». Lei mi rispose: «Dimmelo tu». Due anni dopo ci sposammo. Io avrei aspettato ancora, a quei tempi mi scervellavo dietro ad una equazione e mi dannavo l'anima per cercare di produrre in laboratorio particelle subnucleari con un sincrociclotrone che pareva una via di mezzo tra una caldaia e una locomotiva. Ma Karen rimase incinta di David che nacque lo stesso giorno in cui riuscimmo a produrre il primo mesone artificiale.

Ricordo che dopo aver brindato con i colleghi corsi subito a telefonare a Karen per comunicarle l'eccezionale notizia.

«Karen! Amore!» urlai senza neppure darle il tempo di dire *hello*, «ce l'abbiamo fatta! Oggi è nato il primo mesone artificiale inglese! I ragazzi sono euforici, preparati che stasera ti porto a cena fuori, te la senti?»

«No, non credo...» mi rispose con un filo di voce.

«Non importa...» la interruppi, «lo so, sono gli ultimi giorni, festeggeremo a casa e a cena fuori ci andremo un'altra volta...»

Lei non rispose, credo, a causa di una contrazione più intensa delle altre.

«Ehi amore, cosa c'è che non va, non sei contenta?» le chiesi.

«Sì, sono contenta, però ora è meglio se vieni subito a casa perché mi sa che oggi oltre al mesone nasce qualcos'altro. Mi si sono rotte le acque, ho già chiamato l'ostetrica, corri!»

Neppure il tempo di posare il telefono che ero già fuori dalla porta del laboratorio. Inforcai la bicicletta e pedalando come un pazzo mi precipitai a casa. Quando arrivai c'era già l'ostetrica, e mia suocera, e qualche altra donna. Non mi fecero entrare, a quei tempi si usava così, mi dissero di aspettare fuori. Andavo su e giù per il corridoio pensando a mio figlio che stava nascendo e al mesone appena nato. Fu una giornata indimenticabile, forse la più bella di tutta la mia vita.

L'ho amata, la mia piccola Karen, ma forse non come avrebbe voluto lei e forse neppure come io avrei sperato. È stato un amore profondo, il mio, questo sì, fatto di gran batticuori all'inizio e poi via via di complicità, affetto, stima, ma non è stato un amore travolgente, sempre che esistano amori travolgenti anche fuori dalle pagine dei libri o dagli schermi dei cinematografi. Intendiamoci, ho vissuto una buona vita con lei, anzi, se non fosse stato per la morte di David, potrei dire addirittura di aver vissuto una vita felice. Ma Karen mi ha amato molto di più, in modo totale, esclusivo, immutato. Lei mi ha amato sempre come il primo giorno, anche l'ultimo.

Se l'è portata via un cancro. Dicono che col cancro bisogna combattere, che non ci si deve rassegnare, che si deve voler guarire. Non è vero! Il cancro se ti vuole uccidere ti uccide, altrimenti no, ma non dipende da te, dalla voglia di vivere che hai, dipende soltanto da lui. Ho visto gente lasciarsi andare, sprofondare nella disperazione o nell'inedia e campare ancora degli anni, o addirittura guarire. Altri invece li ho visti lottare con tutte le loro forze, crederci, pateticamente crederci, illudersi e illudere perfino gli altri, perfino me, e poi consumarsi in sei mesi. Con quale tranquillità d'animo ha affrontato però quei sei mesi, la mia Karen. E anche prima, passati alcuni giorni di pura inavvicinabile disperazione era come risorta a una nuova vita. Ma come fanno le donne ad essere così fragili eppure così forti? Di quanti strati è composta la loro personalità? Quale segreto nascondono nel fondo dell'anima? Lo sanno, loro, almeno, lo sanno? Io credo di no, altrimenti non si porterebbero dentro quel sottile disagio esistenziale, quell'impalpabile senso di inadeguatezza che le rende così misteriose e vulnerabili, così sensibili e complicate, così imprevedibili. Vivi con un uomo per qualche giorno e lo conosci per tutta la vita. Una donna, invece, puoi passarci una vita e un giorno ti sorprenderà, e forse sorprenderà anche se stessa.

Un anno, ci aveva detto il medico, non di più. Ne ha vissuti quasi due, facendo incredibilmente le stesse identiche cose, le stesse torte, gli stessi percorsi, le stesse telefonate, frequentando le stesse persone, le stesse amiche alle quali aveva raccontato tutto e con le quali faceva gli stessi discorsi di sempre. Ma dentro, dentro era cambiata, emanava una sorta di calma, difficile da spiegare, che sembrava renderla inattaccabile perfino al male che la stava consumando. Mai, mai una volta in quei due anni l'ho sentita piangere o autocommiserarsi, mai ha fatto pesare su di me la sua malattia. Lei, così dolce e delicata, lei che aveva fatto di me il centro della sua esistenza, aveva tirato fuori chissà da dove una forza interiore che mi lasciava incredulo. Perfino negli ultimi tempi, quando la morte era vicina, era lei a rincuorare me. Ricordo che qualche giorno prima di morire, qualche ora prima di addormentarsi per non svegliarsi più, che quasi non aveva neppure la forza di parlare, mi ha chiamato vicino al letto e mi ha sussurrato:

«Ehi professore, c'è una cosa che voglio dirti».

«Dimmi.»

«Ti amo.»

«Anch'io ti amo Karen.»

Allora mi ha guardato con una luce strana e con quello sguardo mi ha detto chiaramente una cosa: «Lo so che mi ami, ma non come ti amo io, come ti ho sempre amato io, ma va bene così». Questo mi ha detto, ne sono certo. Poi ha deglutito, come per cercare di prender voce, e in un soffio ha detto:

«E poi ce n'è un'altra».

«Dimmi, amore, dimmi ma non ti stancare.»

Mi ha fatto cenno di no con la testa poi mi ha detto le ultime parole della sua vita:

«Grazie per questi quarant'anni».

Karen era "giovane" per morire, aveva sessantacinque anni. E così mi sono ritrovato solo a settanta, quando alla vita, ormai, non puoi più chiedere niente. Già allora non ero certo uno di quei vecchi che vanno a ballare, che fanno le gite, che vogliono ricominciare da capo a settant'anni. La vecchiaia ha una sua dignità, e anche la memoria, non la puoi barattare con una mazurka.

Le giornate senza Karen si sono come svuotate e riempite di spazi vuoti, dentro e fuori di me. I miei cinque sensi si sono trovati di colpo a fare a meno di lei, e la reclamavano. Mi mancavano i suoi passi nella nostra casa, l'eco delle sue parole sempre con quella inconfondibile cadenza britannica, il suo modo di pronunciare il mio nome. Mi mancava non poterla più vedere, non poterla più toccare neppure per una carezza. Mi mancava l'odore della sua pelle e perfino il sapore delle sue torte. Mi mancava lei, insomma, la sua dolcezza, la sua tolleranza verso di me che sono sempre stato troppo preso dalla fisica e dalla matematica, dal desiderio irrefrenabile di capire come diavolo sia possibile che esista tutto questo. Io non so se era amore o soltanto la forza dell'abitudine o se la forza dell'abitudine da vecchi diventa una forma d'amore, quello che so è che la sua assenza mi procurava un dolore fisico, come quello di una antica frattura quando cambia il tempo. Per sei anni ho vissuto da solo in una casa diventata improvvisamente troppo grande. Mi svegliavo presto, la mattina, e se mi sentivo bene uscivo e facevo lunghe passeggiate per i viali di Villa Borghese. Se non avevo voglia di camminare, invece, mi sedevo su una certa panchina, sempre quella, proprio davanti allo Zoo, e leggevo distrattamente il giornale. E poi me ne stavo lì, a guardare la gente. Certe volte mi accendevo un sigaro toscano, ma spesso, smarrito com'ero nei miei pensieri, mi dimenticavo di fumarlo, lo lasciavo spegnere tra le dita. Oppure, quando c'era un custode che conoscevo e che mi faceva passare, ci entravo, allo Zoo. Arrivavo fino al laghetto delle anatre e le guardavo nuotare. Era bello, mi piaceva.

Verso mezzogiorno rientravo a casa e mi preparavo qualcosa da mangiare. Poi dormivo un po', o meglio mi appisolavo sulla mia poltrona con un libro in mano. Ho letto molto nella mia vita, ho letto i classici e i moderni, ho letto i filosofi, ho amato Proust e Schopenhauer più di tutti. Così ho dedicato quegli anni alla rilettura, scoprendo come cambiano i libri col nostro cambiare e quanto poco ci resta di essi. I libri mi hanno tenuto compagnia, sono stati l'antidoto all'assenza, ma non era facile leggere. Mi stancavo, e gli occhi mi facevano male. Sono stati anni bui, quelli, anni silenziosi, quando il silenzio non è una scelta. Se non hai nessuno con cui parlare la vita finisce per essere un soliloquio. Lo è sempre, intendiamoci, ma la conversazione distrae, distrae da quell'essere che hai dentro e che non ti dà tregua. Ho finito per convincermi che i libri o i film o tutto quello che facciamo, in fondo non serve che a questo, a fuggire da noi stessi, da *questo esistente che noi sempre siamo,* come direbbe Heidegger.

Così il pomeriggio era lungo da passare sempre da solo con me. Certe volte cenavo alle sei, e non perché avessi fame. Tenevo spesso la televisione accesa, ma senza guardarla, oppure ascoltavo la radio più che altro per coprire quel rumore di sottofondo che si chiama silenzio. Poi finalmente arrivava l'ora di andare a dormire. Prendevo le mie pastiglie e mi mettevo a letto col telecomando in mano a guardare la televisione e dopo mezz'ora al massimo mi veniva un gran sonno, e ancora non so se quel sonno era dovuto alle pastiglie che prendevo o ai programmi che vedevo. Talvolta mettevo un disco di opera lirica, una delle mie più grandi passioni, ma dopo poco ero costretto a toglierlo perché all'opera ci andavo sempre con Karen e ascoltare quella musica senza di lei mi riempiva di nostalgia fino alle lacrime. Le stesse lacrime che Karen versò l'ultima volta che ci andammo insieme. Vedemmo, ricordo, la *Butterfly*. Karen stava già male, era debole e pallida, ma volle andarci lo stesso. Ci tenemmo per mano per tutto il tempo, e durante *Un bel dì vedremo* mi accorsi che stava piangendo. Come potrei risentirla ancora?

Ogni tanto uscivo con Federico Spini, fisico come me e come me ultimo reduce di una vita troppo lunga anche per l'amicizia. Di tutti gli amici che avevo, mi era rimasto soltanto lui. Eravamo in quattro all'Università, inseparabili. Poi la vita, o meglio la morte, ci ha separato, perché finché è stata la vita a tenerci lontani non ce ne siamo quasi neppure accorti, e ogni volta che ci si vedeva era come se non ci fossimo mai lasciati.

Anche Federico era solo. Lui lo era sempre stato e forse non ci faceva più caso, alla solitudine. Com'era cambiato il rapporto tra di noi, non nella sostanza, anzi nella sostanza si era fatto ancora più intenso, ma agli occhi della gente. Due vecchi seduti su una panchina o al tavolino di un bar o nella sala di un cinema o che camminano lungo un viale, ecco cosa eravamo diventati. Ma lo sapevano, gli altri, come eravamo diversi un tempo? Quanto eravamo stati belli, e giovani? Quanto fuoco avevamo nelle vene? Quanta vita c'era in noi? Quanti progetti e schiamazzi e ragazze e sogni eravamo noi? E invece adesso eravamo due vecchi seduti su una panchina o al tavolino di un bar o nella sala di un cinema o che camminano lungo un viale.

Poi un giorno Federico mi ha detto che lo avevano sfrattato, che ancora sei mesi e il proprietario della casa dove stava in affitto lo avrebbe mandato via perché sua figlia si sposava. Me lo ha detto così, semplicemente, con rassegnazione.

«E dove vai?» gli ho chiesto.

«Non lo so, vedremo, tra sei mesi vedremo. Per un po' vado in albergo e nel frattempo cerco un'altra casa. Oppure chissà, magari tra sei mesi sarò morto» mi ha risposto sorridendo, sull'ultima frase.

«E allora facciamo così, se non sei morto vieni a stare da me.»

Lui mi ha guardato come se gli avessi detto una

cosa strana – e invece era la cosa più naturale del mondo – e mi ha chiesto: «Cioè?».

«Come cioè? Federico! Siamo amici da sessant'anni, anzi di più, siamo soli tutti e due, avremmo dovuto pensarci prima, invece.»

Tutte le mattine Federico si alzava prima di me, io ero fortunato, riuscivo a dormire fino alle sette, lui invece alle quattro era già sveglio, aspettava che la luce dell'alba rischiarasse la sua stanza, piano piano si vestiva e senza far rumore usciva. Scendeva giù, all'angolo, a comprare i giornali e talvolta, quando le analisi del sangue ce lo permettevano, qualche brioche. Poi tornava a casa, appendeva il suo cappello e il suo cappotto, dava un'occhiata ai giornali, ogni tanto accendeva la televisione con il volume al minimo e poi, quando erano quasi le sette, andava in cucina, e sempre senza rumore preparava il caffè. Ed era con l'odore del suo caffè che ogni mattina mi svegliavo, mi alzavo e lo salutavo. Certe volte solo con un sorriso, e in quel sorriso c'erano gli anni passati insieme, anche con tutti gli altri, c'erano i tempi dell'Università, i discorsi strampalati fatti davanti a una bottiglia di vino, le passioni, le donne, le idee, i sogni, la politica, la fuga dall'Italia, la guerra, l'antifascismo, le intuizioni, la matematica, la meccanica quantistica, la giovinezza, le risate, la commozione... E lo smarrimento, credo ancora più del dolore, di quando, improvvisamente, se n'era andato il primo di noi e, per la prima volta, ci eravamo sentititi dei reduci. In quel sorriso c'era tutta la nostra amicizia, c'era tutta la nostra vita.

Poi una mattina di maggio non ho sentito l'odore

del caffè e sono rimasto solo, di nuovo solo, definitivamente solo. È una strana sensazione, terribile e disperata, che ha un vantaggio, però: ti toglie del tutto la paura di morire, perché ti sembra che tutto sia finito con l'ultimo affetto che avevi e che non c'è più. Gli altri, il mondo intero, sono un film che guardi neppure troppo interessato, ma non è la tua vita, della tua vita ci sei rimasto solo tu. E così la vita in un mondo che non ti appartiene finisce per perdere tutto il valore che ha.

Per fortuna che c'è Elena.

4.

Dolori che restano lì, inesorabili come pugnali nel cuore

David è morto quando aveva quattro anni, investito da una macchina mentre attraversava la strada per rincorrere un pallone sfuggito per un attimo all'attenzione di suo nonno, il pallone, ma anche David. E da quel giorno il professore non ha più insegnato, si è spento lentamente, consumato dai sensi di colpa. Il bastardo che l'ha investito è fuggito. Guidava una macchina scura di grossa cilindrata, una Jaguar, forse, altro non si è riuscito a sapere. Io l'ho cercato per mesi, quel figlio di puttana, anche dopo che la polizia aveva smesso di farlo. Andava veloce, troppo veloce. Sulla strada è rimasto il segno di una lunga frenata e il corpo di David sbalzato venti metri più in là. I primi tempi ho battuto palmo a palmo tutta Cambridge, travolto dal dolore e dalla rabbia, osservando ogni macchina scura posteggiata nella speranza di trovarne una ammaccata sul cofano. Scrutavo dentro i garage, chiedevo alla gente, bussavo alle porte delle case, andavo nelle autofficine per vedere se per caso... Non l'ho trovato, con ogni probabilità era uno di fuori, e credo sia stato meglio così. L'avrei ammazzato, in certi momenti penso che l'avrei ammazzato con le mie mani, o forse no, forse l'avrei solo guardato negli occhi e gli avrei chiesto perché, perché sei scappato via... bastardo, dove cazzo andavi così di corsa?, lo sai, lo sai cosa hai fatto, lo sai, almeno? Lo avrai ben letto sui giornali il giorno dopo! E quante volte mi sono torturato chiedendomi perché, perché è passato di lì proprio in quel momento, e non un secondo dopo, o prima, perché perché perché... Era scritto? Da qualche parte era scritto che nascesse un uomo che facesse tutte le cose che ha fatto, giorno per giorno ora per ora minuto per minuto, con l'unica crudele inconsapevole finalità di arrivare a investire un bambino in quella maledetta mattina. Fino all'ultimo caffè, fino all'ultimo incrocio al quale magari non ha dato la precedenza. Fino all'ultimo semaforo verde, o rosso? E se era scritto, chi teneva in mano una penna così diabolica? Perché?

Non è morto sul colpo, il mio David, ha sofferto, quindici giorni di coma, ma i primi cinque si lamentava, la medicina non era quella di oggi e gli anestetici non gli bastavano, forse. È andata così, vorrei poter dire che non ha sofferto, almeno, come dicono in tanti, ma noi abbiamo dovuto sopportare anche questo e abbiamo dovuto sopportare la speranza che ce la potesse fare. Ci siamo aggrappati a un lamento, alla sua sofferenza, e forse, a pensarci ora, a pensarci bene, è stata la cosa più terribile di tutte quando poi non ce l'ha fatta. Gli ultimi due giorni sono stato sempre al suo capezzale senza dormire mai. Avevo la sensazione che se fossi rimasto sveglio la morte non sarebbe arrivata, che non sarebbe riuscita a prenderselo se c'ero io che gli facevo la guardia. Poi non ce l'ho fatta più e mi sono addormentato, solo qualche ora. Adesso David riposa in un piccolo cimitero di campagna vicino a Cambridge, vicino a Karen che ha voluto ritornare a casa. Loro sono vicini ora, e così lontani da me.

Ci sono dolori che non hanno tempo, immobili, enormi, mille volte più forti della nostra capacità di soffrire, mille volte più forti della nostra capacità di sopportarli. Dolori che restano lì, inesorabili come pugnali nel cuore, dolori che non danno tregua, che ogni giorno si svegliano quando ci svegliamo e che di notte non ci fanno dormire. Vengono vinti soltanto dalla necessità fisiologica del sonno, ma non del tutto perché il dolore non dorme mai e spesso s'impossessa dei sogni, e li trasforma in incubi, a volte, e a volte in inganni, bellissimi dolcissimi inganni che si svelano ogni mattina e ci trafiggono ancora... e ancora e ancora.

Chi dice che nella vita una grande disgrazia unisce non ha mai provato un vero dolore. Dopo l'incidente, per cinque anni almeno, con Karen abbiamo vissuto come due estranei, ognuno solo e disperato nella sua desolazione. Pur restando apparentemente uniti le distanze tra di noi si erano fatte siderali. Quello è stato l'unico periodo della vita di Karen dove il dolore ha preso il sopravvento sull'amore che provava per me. Io, dopo quasi un anno, mi sono tuffato ossessivamente nel lavoro, lei si è persa nel silenzio. Poi, giorno dopo giorno ci siamo ritrovati e abbiamo ripreso insieme il cammino, anche se la strada non è mai più stata la stessa. Se prima era un sentiero che passava tra boschi e colline e costeggiava il mare, ora attraversava il deserto. Se prima vi si udivano suoni e voci e canti di bambini, ora era una strada muta. L'assenza di David, su quel cammino, era così penetrante, così totalizzante, così incuneata nella nostra vita, da essere perfino più intensa della sua presenza. Così per cercare di ricominciare, nel 1961, giusto cinque anni dopo la morte di David, abbiamo deciso di trasferirci in Italia, a Roma, dove avevo ancora una casa. Era impossibile continuare a vivere a Cambridge, perché ogni giorno, in ogni angolo del nostro appartamento, in ogni metro quadrato del nostro giardino, in ogni strada del nostro quartiere si nascondeva il coltello che tormentava le nostre ferite. Le ferite di Karen sono scomparse solo con la sua morte, mentre le mie si sono cicatrizzate. È stata la malattia, e non il tempo a guarirle, in qualche modo, almeno. Dopo l'ictus i ricordi hanno perso gran parte della loro essenza emotiva e con quella se n'è andato anche molto di lui, del mio David. Mi dispiace, perché ormai la sua immagine si è liberata dal dolore e mi dispiace perché in questo modo lo sto facendo morire un'altra volta. Cosa è rimasto di lui, del suo effimero passaggio su questa Terra? Neppure la nostalgia della sua assenza nel cuore di un vecchio. Ma che ci posso fare? Era un bambino particolare, sensibile e introverso, in qualche modo imperscrutabile, quasi se lo sentisse che il suo tempo era breve. Aveva i capelli chiari come quelli di sua madre e gli occhi scuri come i miei. Non faceva mai capricci. Se ne stava tranquillo in giardino a giocare tutto preso dalle avventure del suo mondo fantastico. Quando arrivavo a casa mi correva incontro, mi saltava in braccio e voleva che lo facessi girare, girare e girare. E quando uscivamo mi dava subito la mano. Ecco, questo è l'unico ricordo struggente che ho di David, del mio piccolo David, l'unico ricordo che è davvero capace di regalarmi una fitta di nostalgia, perché è ancora definito dalla stessa emozione di allora, quando ci penso, l'emozione di sentire la sua piccola mano nella mia, mentre camminiamo, una emozione lieve e intensa allo stesso tempo, allo stesso tempo semplice e indescrivibile. Chi l'ha provata lo sa, sa cosa vuol dire stringere la mano al proprio figlio, quando la tende verso di te. Il senso di protezione e di amore e di fiducia e di futuro che c'è in quelle due mani che si uniscono. Mi consolo col fatto che in ogni caso quel bambino non ci sarebbe comunque, come non c'è più quel giovane uomo che gli dava la mano. La vita è questa: ogni notte muore quello che siamo stati ieri e ogni mattina nasce ciò che saremo oggi. Chissà come sarebbe ora, ora avrebbe... non so, non ho voglia di calcolarlo, o non ci riuscirei, ma avrebbe certo più di cinquant'anni. Chissà come sarebbe? Forse come uno di questi che vengono a trovare i loro padri o le loro madri, ogni tanto.

Dovreste vederli i miei "colleghi" come tentano di giustificare i loro bravi figlioli per averli abbandonati, anche quando non sarebbe stato necessario, anzi soprattutto quando non sarebbe stato necessario. Patetici. Tutta la bontà e l'amore possibili verso chi non ha avuto un briciolo di bontà e amore nei loro confronti.

Talvolta, quando è l'ora delle visite, con Elena ce ne stiamo nel salone a guardare i parenti. Figli, nuore, nipoti, interessati all'eredità, che vengono a trovare il caro vecchietto.

I figli si dividono in tre categorie: quelli che non gliene importa niente, quelli con i sensi di colpa, quelli a metà tra il menefreghismo e i sensi di colpa.

Quelli che non gliene importa niente non vengono mai, telefonano, ogni tanto.

Quelli con i sensi di colpa vengono sempre, dicono a tutti in continuazione che se fosse stato per loro non avrebbero mai "chiuso" la mamma in una casa di riposo "ma cosa vuole... i figli... il lavoro... mio marito è molto malato... come si fa. E poi sono l'unica ad interessarmene. I miei fratelli nemmeno si fanno vedere. È già molto se pagano la loro parte di retta". Patetici, anche loro.

Quelli a metà tra il menefreghismo e i sensi di colpa vengono solitamente una volta alla settimana, quasi sempre la domenica o il sabato. Talvolta portano i nipotini a salutare la nonna. Dovreste vederli, i nipotini: «Vai a dare un bacino alla nonna» e questi si avvicinano cauti verso l'estranea, schifati di dover baciare quella vecchia bavosa. E la vecchia bavosa li abbraccia con insospettabile vigore, infischiandosene della minestra sbrodolata che ha sul colletto. I nipotini, allora, compressi in quell'abbraccio avvolgente, guardano terrorizzati la mamma, che alza gli occhi impotente. Ipocriti, tutti: la mamma, i nipotini e naturalmente la vecchia bavosa.

Ma il momento più esilarante e che accomuna tutte le categorie dei figli è il primo giorno. L'ingresso. È quel giorno che l'ipocrisia tocca vertici assoluti. Io li osservo, li ascolto, e me li godo, i loro discorsi.

I figli tutti intenti a dipingere la casa di riposo come un posto meraviglioso.

«Guarda che bello, c'è il salone, c'è la televisione, la palestra, il giardino, tanto verde, vedi, ti piace? È come essere in albergo, ci verrei io guarda... servito e riverito, beato te!» Beato te, sì, beato te...

Il vecchio quasi sempre nicchia, è spaesato, ma quel che più conta non dice che gli piace, almeno questo, non dà ai figli questa soddisfazione. Tutt'al più annuisce vagamente; qualcuno, eroico, esibisce una faccia perplessa, soprattutto quando i figli dicono che ci verrebbero loro. E allora insistono, puntano tutto sulla compagnia. A fatica individuano i meno peggio e glieli indicano:

«Guarda quel signore com'è in gamba, e anche quella signora là, che simpatica dev'essere, vedi, ti sta sorridendo, potete fare amicizia... tra l'altro... non vorrei sbagliarmi ma mi pare... sì, mi pare proprio di conoscerla di vista, credo che abitasse nel nostro quartiere, ti ricordi?, le vuoi parlare un attimo?».

Il vecchio non si ricorda e neppure le vuole parlare.

Poi fatalmente gli mostrano la camera, e ogni volta si sperticano in lodi sull'arredo, gli spazi abitativi, il bagno (quando c'è, altrimenti dicono che non c'è, ma è proprio qui fuori, comodissimo). Se poi, come spesso accade, non è una singola, si sperticano in lodi sui compagni di stanza, gli innumerevoli vantaggi del non essere soli.

«Sai, se ti senti male... è sempre meglio che ci sia qualcuno...» e magari indicano l'improbabile compagno di stanza che sorride e annuisce ma che, loro non lo sanno, ha l'Alzheimer e sorride e annuisce senza neppure sapere perché.

Quasi tutti enfatizzano l'importanza del campanello come se fosse l'invenzione del secolo: «Guarda un po' qui, c'è anche il campanello!, in casa te la sognavi una comodità come questa!, se hai bisogno di qualcosa, anche di notte, tu tiri questa cordicella... vedi?, questa, e arriva subito l'infermiera».

Peccato che spesso, quando dicono così, una vecchia di passaggio – che questa volta non ha l'Alzheimer – sbirciando dentro la stanza, dice: «Come no!, può tirare la cordicella quanto vuole, che tanto non viene nessuno. Anzi c'è qualche infermiere che di notte li stacca, i campanelli. Suoni suoni, vedrà come arrivano, fa in tempo a schiattare...».

«Ma su, esagerata non dica così che non è vero» rispondono i figli sorridendo con la voglia di strangolare la vecchia che non si fa i cazzi suoi.

Alla fine, comunque vada la visita della stanza, ripetono:

«Hai visto che bella camera, ti piace?».

E se il vecchio ha l'ardire di dire di no o solo di fare una piccola smorfia, allora i bei discorsi si ribaltano in rimproveri, in sceneggiate autocommiseratorie, in velate minacce.

«Ma non ti accontenti mai!, cos'è che devo fare io di più di quello che sto facendo per te, anch'io ho la mia vita sai?, i figli, un marito... lo sai che Guido voleva metterti all'ospizio... quello vero... comunale, mica come questo, questo è un posto di lusso, qui la tua pensione non basta, cosa credi?... dobbiamo aggiungerci dei soldi, e neppure pochi... e tu invece di essere contento e ringraziare...»

Perché ci sono anche quelli!, ogni tanto qualcuno è contento e ringrazia, è così spaventato di disturbare, di far pesare ai figli il fatto di averlo portato qui che fa finta di essere contento e ringrazia, e con un filo di voce condivide i pareri sulle meraviglie architettoniche della casa di riposo, sulla simpatia dei compagni, sulle comodità, sul cibo che non ha ancora mangiato ma che di sicuro sarà ottimo, e "casalingo".

Per fortuna sono rari, quelli così, i più si guardano intorno smarriti e annuiscono con scarsa convinzione.

5.

La vecchiaia è un brivido di febbre

Non sono mai stato un uomo tranquillo. Ho vissuto spesso nell'inquietudine, nel tormento esistenziale, nel disagio, a volte. E anche nelle cose più semplici, quotidiane, sono sempre stato insofferente. Insofferente alle attese, alle code nei negozi, alla lentezza, di tutti i tipi, soprattutto quella mentale. Ho sempre provato nella mia vita, chissà perché, un sottile senso di non appartenenza, ovunque fossi, in qualsiasi situazione mi trovassi, fosse stata perfino una cena tra amici, magari solo per qualche istante, mi sentivo fuori posto. Figuriamoci adesso. No, non posso dire di essere stato un uomo in pace con se stesso, ma questo non ha mai rappresentato un problema per me. "Prima di star bene con gli altri devi imparare a star bene con te stesso" si dice. Può darsi, può darsi che a causa di questo mio malessere interiore abbia coltivato, e devo dire con sottile piacere, una certa tendenza alla misantropia. D'altra parte quelli che stanno bene con se stessi io non li sopporto, non li ho mai sopportati, sono sempre un po' coglioni. Tanto tempo fa ho detto ad un tizio, un nostro vicino di casa in Italia: «Lei starà bene con se stesso ma io non sto bene con lei perché è un imbecille». Ci avevano invitato a cena, lui e la moglie, poco tempo dopo il trasloco definitivo dall'Inghilterra, credo rientrasse nei doveri di buon vicinato. E questo tizio, con la sua ostentata serenità, che tra l'altro gli dava una vaga espressione bovina, nel breve arco di una cena mi era diventato insostenibile. E così, quando se n'era uscito dicendo, non ricordo a quale proposito, che lui stava bene con se stesso, non gliel'avevo fatta più, ero sbottato e gli avevo detto quelle precise parole. Karen non mi ha parlato per una settimana, il mio vicino per sempre. Fortunatamente quando avevo vent'anni non c'era il mito di andare a ritrovare se stessi a Kathmandu, a quei tempi c'era la fame, i nazisti che giravano per le strade e le bombe che cadevano giù. Si era troppo impegnati a cercare di non morire in guerra per giocherellare con la ricerca della pace... interiore. Sopravvivere era un buon modo per ritrovare se stessi. Oggi è diverso, diverso per gli altri, diverso per me. La pace l'ho conquistata per stanchezza, per rassegnazione, per superati limiti di età, o per troppi neuroni cerebrali perduti, forse. Da qualche parte, molto tempo fa, ho letto una frase che diceva all'incirca: il nostro destino è quello di essere inferiori all'idea che avevamo di noi stessi. Giorno dopo giorno la vita ci ridimensiona, e per quanto lottiamo contro questo ridimensionamento dobbiamo sapere che si tratta di una battaglia perduta in partenza. Ma allora, cos'è la serenità interiore se non l'accettazione del ridimensionamento? Ecco perché la serenità porta inevitabilmente con sé un certo fardello di rincoglionimento. Ecco perché non sono mai stato sereno e neppure ho desiderato esserlo, finché la vecchiaia, quella vera, quella di adesso, mi ha presentato il conto. È stata la vecchiaia a rincoglionirmi, a ridimensionarmi definitivamente nel fisico e nelle ambizioni, a togliermi anche la forza di combattere. E la vecchiaia alla fine vincerà la guerra, anzi l'ha già vinta, mi ha già ucciso tenendomi in vita. Molti dicono che la vecchiaia bisogna accettarla. Non è vero. Va conquistata, non accettata, l'accettazione della vecchiaia è l'anticamera del rincoglionimento. Io, nonostante tutto, mi difendevo bene, mi avviavo verso un'onorevole sconfitta; alla fine avrei perso, certo, come tutti, ma con l'onore delle armi. Ma poi la vecchiaia ha giocato sporco, ha usato un'arma micidiale, il fottuto coagulo, ed è stato come quando i giapponesi si sono visti recapitare la Bomba. Inutile combattere ancora.

Per noi fisici, poi, la vecchiaia è l'assopimento del genio, almeno per chi ce l'ha.

Newton ha scoperto la legge gravitazionale e la dinamica del Sistema solare quando aveva ventitré anni. Einstein a ventisei anni ha elaborato la teoria della relatività ristretta e nei dieci anni successivi ci ha *quasi* spiegato come funziona l'Universo. Pauli, Heisenberg, Fermi e Dirac non avevano ancora ventisei anni e avevano già scoperto tutto quello che hanno scoperto. Poi più niente, o quasi.

Hanno vissuto il resto della loro vita schiacciati dal peso delle aspettative. E anch'io ho dovuto fare i conti con questo disagio. Brillante giovane fisico nucleare sempre a un passo dallo scoprire qualcosa ma che non scopriva mai niente. *Enfant prodige* del nulla. In ogni caso ora ho capito che anche se avessi elaborato la fantomatica Teoria del Tutto, anche se avessi spiegato come funziona l'Universo – senza quel *quasi* nel quale si è arenato Einstein – paradossalmente sarebbe stata la stessa cosa, perché l'avrei scoperta a trent'anni, come tutti gli altri, e poi?

Quando ero a Cambridge a lavorare nel gruppo di Paul Dirac, nel suo ufficio era appesa una massima che diceva: "*La vecchiaia è un brivido di febbre che tutti i fisici devono temere. Meglio morire anziché continuare a vivere una volta passati i trent'anni*". Era un foglio battuto a macchina, appiccicato al muro con lo scotch, senza cornici né altro.

Un giorno chiesi a Paul chi ne fosse l'autore. Mi rispose che non lo sapeva, che l'aveva sentita citare a un congresso. Io commentai che chiunque l'avesse scritta era uno che si sentiva finito. Lui annuì con un mezzo sorriso e si rituffò nei suoi calcoli.

La stessa massima la vidi molti anni dopo affissa alla porta dell'ufficio di Feynman, un altro genio assoluto, al Caltech di Pasadena, e quando anche a lui feci quella stessa domanda mi rispose: «Ma come, proprio tu non lo sai? È del tuo amico Dirac!».

L'inquietudine mi è sempre stata compagna anche nel lavoro, o forse è stato il vero motivo per cui ho intrapreso questo lavoro. I dubbi, le domande, le sfide, il mistero, l'adrenalina che ti dà essere a un passo da una scoperta importante, il sogno di essere davvero tu a farla, la delusione per le mille scommesse perse, l'incomprensibilità del fallimento quando tutto, ogni tassello che hai pazientemente composto sembra portare a una determinata spiegazione, alla teoria che hai formulato, e una variabile sconosciuta e inafferrabile fa in modo che qualcosa non torni, che magari una piccola stupida particella non sia dove dovrebbe essere.

E pensare che c'ero quasi riuscito, c'è stato un tempo in cui credevo di aver scritto l'equazione della vita. Tutto tornava, quella volta. La guardavo e la riguardavo e tutto tornava. Sgranavo gli occhi, deglutivo, mi dicevo calma, Tommaso… ricontrolla, ma intanto avevo il cuore che batteva all'impazzata. E poi mi sono accorto che mi ero sbagliato, che avevo fatto un errore che neppure un bambino delle elementari... Che imbecille!

L'accettazione del ridimensionamento, invece, o forse la sua non accettazione, mi ha portato a dedicare gli ultimi anni all'astrofisica, materia che fin dall'inizio dei miei studi ho sempre coltivato parallelamente alla fisica subnucleare. Così a un certo punto della vita, dopo aver studiato e ricercato e guardato nell'infinitamente piccolo, ho alzato gli occhi al cielo. Cercavo collegamenti, verificavo ipotesi, studiavo rapporti. E soprattutto, mi incantavo a guardare le stelle.

Mi è sempre piaciuto guardare il cielo di notte. Osservarlo generava in me emozioni molto intense. Forse tutto dipende dalla paradossale combinazione tra la percezione di chiuso e intimo che dà il buio con quella di imprendibile e sconfinato che provocano le stelle. Mah… non lo so, quello che so è che il cielo ancora mi affascina. I puntini luminosi non si trasformano in equazioni che bilanciano il peso della massa con la pressione generata dalle fusioni atomiche nel nucleo di una stella. Ora come allora mi incanto, faccio fatica a razionalizzare anche il cielo. E se pure le emozioni non sono più quelle di un tempo, ho mantenuto, credo, almeno il mio senso estetico, che non mi ha impedito però di raccogliere la sfida intellettuale che il cielo mi pone. Cosa c'è lassù? Come funziona?

Negli ultimi anni la mia ricerca riguardava i rapporti tra massa e luce. Senza la luce sapremmo ben poco di cosa c'è lassù, anzi forse non sapremmo neppure che c'è un lassù. Così la domanda a cui ho cercato di dare una risposta senza riuscirci ma forse avvicinandomi un po' è: qual è il vero legame tra massa e luce? Non mi bastava usare la luce per vedere i movimenti delle galassie, volevo capire perché da qualche parte si accendeva la luce e da qualche altra parte no. Insomma, misuravo i movimenti delle galassie e cercavo di capire quanta materia c'è nell'Universo, o se vogliamo dirla con le parole che usavo scherzosamente allora "pesavo l'Universo". Il fatto è che la bilancia non era un granché e probabilmente neppure io ero un granché come scienziato. Con me lavorava un giovane astrofisico a cui ero molto affezionato, più volte ha tentato di venirmi a trovare alla casa di riposo, ma io gli ho sempre fatto dire che non volevo vederlo. In realtà non volevo che lui mi vedesse in questo stato, volevo che mi ricordasse com'ero. Si chiama Cesare Manfredi (ma io ogni tanto per farlo arrabbiare lo chiamavo "Cesarone" perché era un uomo grande e grosso ma dall'animo gentile) e aveva talento, tra i tanti con cui ho lavorato era quello con più frecce al suo arco. Purtroppo però il suo arco era inadeguato come la mia bilancia. Adesso è lui a proseguire le mie ricerche, chissà... Un giorno l'uomo giusto con la bilancia giusta riuscirà davvero a pesarlo, l'Universo. E troverà anche tutta la massa mancante. Quel giorno io non ci sarò, e temo neppure Cesarone Manfredi. Peccato.

6.

Come trascorri la tua giornata tipo

Passavo le mie notti a guardare le stelle, e non era affatto male, oggi le passo a guardare una crepa sul soffitto, che forse è perfino meglio di come trascorro i miei giorni.

Quando ero in quinta elementare la maestra ci diede un tema, "Come trascorri la tua giornata tipo" e il mio poi lo lesse ad alta voce a tutta la classe, perché disse che era il più bello, il più ricco di fantasia, di interessi, di gioia. Ecco come trascorro oggi la mia giornata tipo e questa volta nessuno leggerebbe il mio tema ad alta voce, nessuno direbbe che è ricco di fantasia, di interessi, di gioia. Ma d'altra parte... sono passati quasi ottant'anni da quando avevo tanta fantasia, interessi, gioia. Mi sveglio come ho detto molto presto, più o meno verso le cinque, dopo aver dormito quattro ore al massimo e neppure di fila. Appena la luce dell'alba filtra dalle finestre mi ritrovo a guardare la crepa sul soffitto. Tra le sette e le otto, dipende dal "giro", arrivano le infermiere. «Sveglia, pigrone» dicono. Tirano su le tapparelle e aprono le finestre. Prima mi danno delle pastiglie che rendono il mio sangue più fluido, poi mi tolgono il pigiama, mi cambiano il pannolone, mi lavano un po' con una spugnetta. Mi vestono, perché la direttrice non vuole che i vecchi stiano in pigiama durante il giorno. È poco dignitoso, dice, non per i vecchi, che dignitosi qui dentro non sarebbero neppure in *tight*, ma per la casa di riposo. Mi siedono sulla carrozzella e mi portano a fare colazione. Mi sbrodolo, mi pulisco la bocca, mi risbrodolo, certe volte quando le infermiere hanno tempo mi aiutano a mangiare, mi imboccano, cioè, perché altrimenti da solo impiego due ore. Ma il latte lo bevo quasi sempre freddo con i biscotti troppo inzuppati perché non riesco mai a ripescarli in tempo... è un problema, un problema serio. Poi mi portano in salone o in camera, come desidero, ma io a dire il vero non desidero. Il desiderio è una sensazione che non conosco più, l'ho dimenticata. In ogni caso aspetto e se sono in salone guardo che cosa succede. Niente, ovviamente. Ogni mattina, verso le dieci, puntuale come la morte (degli altri perché la mia è in deplorevole ritardo) arriva l'improbabile fisioterapista.

È giovane, deve avere ventidue ventitré anni, non di più. Porta i capelli lunghi fino oltre le spalle con un vistoso cerchietto per tenerli indietro. Ha qualche treccina, molti braccialetti colorati e la faccia da uno che è capitato lì per caso.

Vuole farmi fare la fisioterapia. A me dispiace mandarlo affanculo, perché anche se a vederlo non si direbbe è un bravo ragazzo, allegro e divertente. Lavora qui dentro e studia medicina all'Università, vuole diventare neurologo. E allora si taglierà i capelli. In ogni caso non posso dire che mi sia antipatico, anzi se non fosse così allegro e se non avesse il maledetto vizio di cantare potrei perfino andarci d'accordo. Mi piace perché è un tipo schietto, diretto, senza fronzoli e ipocrisie, almeno per ora. Chissà perché, ma quando parlo con lui ho come la sensazione – o forse il desiderio – che David sarebbe venuto su più o meno così, perciò, come dicevo, mi dispiace mandarlo affanculo, però, dopo un po', ce lo mando.

«Ueilà, buongiorno! Come va? Siamo incazzati anche oggi? O c'è la remota speranza che non mi mandi affanculo?» mi saluta ogni mattina con quella sua aria da para... medico. Io, muto, lo guardo torvo.

«Allora, facciamo un po' di fisioterapia?»

«No.»

«E te pareva! Sa cosa le dico mio caro Perez, io gliela faccio fare lo stesso.»

Prende una sedia, si siede vicino a me (io sono in carrozzella) e inizia a muovermi prima le dita, poi la mano, poi il braccio e mi dice: «Allora mi vuole un po' aiutare a tirare su 'sto braccio?» e lo spinge verso l'alto – io faccio resistenza passiva. Passa alla gamba, e la muove e la spinge e la tira. E intanto parla, mi racconta cosa ha fatto ieri, mi chiede cosa ho fatto io, mi mette al corrente degli ultimi pettegolezzi della casa di riposo. Insomma, non sta zitto un minuto e quando non parla canta: mentre mi massaggia il quadricipite rinsecchito canticchia canzoni di un certo De Gregori, di cui per mia sventura è un ammiratore sfegatato e sa tutti i testi a memoria. Ogni giorno una canzone nuova, mi dice: «Perez questa gliel'ho già cantata?» e attacca: «Generaaale dietro la collina...»

e io: «Sì, me l'hai già cantata» e lui: «Va be', gliela ricanto, anzi no gliene canto un'altra... Alice guarda i gatti e i gatti guardano...». Poi, dopo il concerto, vuole mettermi in piedi, dritto, o sul girello, vuole che provi a camminare. Ed è a quel punto che di solito lo mando affanculo. Lui sostiene che se mi impegnassi potrei davvero tornare a camminare, col girello – naturalmente – e addirittura senza ascellari! L'unica volta che gli ho consentito di provarci, mi sono visto riflesso nello specchio della piccola sala adibita a palestra ed è stata una visione imbarazzante: parevo un morto appeso per le ascelle. E anche se riuscissi dopo sforzi indicibili a camminare col girello, dove potrei andare? Vagherei come uno zombie per la casa di riposo, come fanno alcuni, e allora? Certo, se la speranza fosse quella di tornare a camminare, anche con l'ausilio di un bastone, allora sarebbe diverso. Perché potrei pensare di nuovo a uscire, potrei pensare di passeggiare ancora una volta per Villa Borghese, potrei pensare perfino di tornare a vivere a casa mia, il mio sogno più grande. Ma per questo ci vorrebbe un miracolo, che tradotto in termini terreni vorrebbe dire una forza di volontà e un impegno che non troverei neppure se la cercassi per mille anni. Anche se, beninteso, non è vero che volere è potere, ci sono cose più grandi di noi, montagne che non possiamo scalare, e io l'ho imparato sulla mia pelle, e su quella di Karen. No, meglio starsene in carrozzella, è meno faticoso e probabilmente più dignitoso.

Tra le dieci e le undici passa il medico, ma da me non passa se non ogni tanto, tutt'al più mi chiede come sto e io faccio cenno di sì con la testa e biascico un "bene". Alle undici e trenta altre medicine, a mezzogiorno mi portano in sala da pranzo. Non posso dire se il cibo è buono oppure no perché i sapori per me ormai sono tutti uguali, tutto insipido. Posso dire soltanto che il pranzo è anche più difficile della colazione. Di solito riesco a cavarmela da solo, ma certi giorni il *ghigno* che l'ictus mi ha stampato sulle labbra non so perché va del tutto fuori controllo. E allora, soprattutto con le minestre, appena infilo il cucchiaio in bocca la metà del contenuto mi cola giù. Per non sbrodolarmi faccio così: porto il cucchiaio alla bocca con la mano destra, poi lo poso, prendo subito il tovagliolo e tampono il fiotto di liquido che cola dal lato sinistro del labbro inferiore. Devo dire che è una tecnica abbastanza efficace, se tengo la testa inclinata verso destra e riesco ad essere rapido nell'avvicendamento cucchiaio-tovagliolo, la quantità di liquido che si disperde tra la mia barba quasi sempre incolta e il colletto della camicia è minima. Il problema è il tovagliolo, se è di carta ce ne vuole uno ogni due o tre bocconi, se è di stoffa ogni volta poi occorre lavarlo, e qui la cosa non è ben vista. Infine c'è un altro problema, determinato dalla indispensabile inclinazione della testa: il torcicollo anchilosante che mi coglie subito dopo pranzo.

Verso l'una mi riportano in camera, mi rimettono in pigiama, mi ricambiano il pannolone, e se nell'eventualità piuttosto rara che non mi sia appisolato sulla carrozzella durante la mattina, riesco a dormire un po'. Altrimenti guardo la crepa sul soffitto. Alle quattro, in ogni caso, mi fanno alzare, anche per evitare che si formino le piaghe da decubito... e ci mancherebbero anche quelle. Poi mi riportano in salone dove c'è chi gioca a carte, chi dorme, chi chiama la mamma o qualche altro parente, chi guarda la televisione, chi dorme davanti alla televisione, chi cammina avanti e indietro, chi chiama di continuo l'infermiera... infermieraa, infermieraaa. Io aspetto.

Certe volte guardo anch'io la televisione, i telegiornali soprattutto, ma mi capita sempre più raramente, anche perché tengono il volume fastidiosamente alto. Certo, dipende da chi vince la battaglia del volume, ma di solito la vincono i sordi perché sono di più. E allora sono costretto a scegliere: o mi piazzo lontano così non sono infastidito dal rumore ma non vedo le immagini, o guadagno la prima fila, ma dopo un po' divento sordo anch'io. Allora scelgo quasi sempre la terza opzione: la guardo, la televisione, ma non la vedo, mi distraggo. Mi distraevo anche prima, figuriamoci ora, tutto mi pare ovattato, le immagini mi appaiono senza senso. Per tutti è così, ma più di tutti per me, perché il mio distacco dagli avvenimenti del mondo non nasce come per molti dal troppo interesse per le vicende personali, ma dal suo opposto. Chi come me è estraneo a quel che gli accade dentro non può essere partecipe a quel che succede fuori.

Alle sei è ora di cena, alle sei e trenta sono di nuovo in salone ad assistere divertito ad uno dei momenti più tragici e comici di tutta la giornata. Subito dopo cena, infatti, il personale inizia a portare a letto i non autosufficienti, che sono la maggioranza. Ora, se qui fossimo in un posto normale, abitato da gente normale, considerato che il primo è in branda alle diciotto e trentacinque tutti dovrebbero fare il possibile per essere accompagnati per ultimi, ma qui siamo vecchi e così accade l'esatto contrario. Ogni sera è una lite, una lotta furibonda. «Io! Io!» Gridano tutti con quel filo di voce stridula che gli rimane. «Porti a letto me ora.» «Tocca a me! Oggi tocca a me!» Un vero delirio. Se non fosse che assisto ogni giorno a questa scena non ci crederei. Ci sono due o tre vecchie in carrozzella che si piazzano davanti alla porta dell'ascensore, e sgomitando come furie, fanno a gara per riuscire a conquistarsi il letto prima delle altre. Ma il mio idolo è la signora Mancuso. Inarrivabile, irraggiungibile, unica. La signora Mancuso è emiplegica come me, ma messa meglio. Ha un braccio solo, perché l'altro non lo muove, ma ha le gambe abbastanza buone, non le consentono di camminare ma si muovono bene così, seduta com'è sulla sua carrozzella, zampetta frenetica – devo dire con stile invidiabile – cercando di superare le altre concorrenti. Va detto che è dotata di una carrozzella da competizione, una "comoda", con le ruote piccole, di quelle che hanno il buco per cagarci dentro senza bisogno di andare in bagno – utilissime per chi non cammina ma non è incontinente – più leggera e maneggevole di una normale carrozzella, diciamo una Formula Uno della paralisi. Con quelle sue gambette ossute e varicose, si spinge, assistita da un paio di Nike ultima frontiera della maratona, fino alla testa del gruppo. E poi si piazza lì, incollata davanti alle porte dell'ascensore, in attesa che si aprano. E appena si aprono c'è lei! Inevitabilmente lei, insuperabilmente lei, ingombrantemente lei. Prima, evidentemente prima. Le altre lo sanno, non c'è partita, è troppo forte, troppo veloce, troppo maneggevole la sua "comoda" per temere concorrenza. Un altro pianeta dell'handicap. Se facessero le olimpiadi di conquista letto su carrozzella lei stravincerebbe la medaglia d'oro. Dopo, solo dopo, inizia la guerra dei poveri.

A me portano a letto per ultimo, verso le sette e trenta, e d'estate, dopo molte insistenze, anche verso le nove, che qui è come fossero le due, vedi in giro soltanto qualche autosufficiente nottambulo, o magari sonnambulo, chissà. Mi tirano su, mi spogliano, mi mettono il pannolone, che ha un bel colore verde speranza, il mio bel pigiamino, mi stendono, mi fissano le sbarre perché così non cado dal letto – e io devo ancora capire dopo quattro anni come farei a cadere dal letto visto che sono un sasso, visto che per me è una lotta estenuamente contro la forza di gravità anche solo muovere una mano per suonare il campanello – e se ne vanno augurandomi la buona notte, alle sette e mezza! Io allora aspetto paziente che mi venga sonno guardando la crepa sul soffitto... e aspetto e aspetto e aspetto... Aspetto con una rassegnazione che non mi conoscevo. Poi mi addormento e mi sveglio e mi riaddormento e mi risveglio, fino alle quattro o alle cinque, quando va bene. Mi piacerebbe dormire sul fianco sinistro come facevo sempre, e poi magari rigirarmi sul destro, e poi ancora sul sinistro, e se ho caldo scoprirmi e se ho freddo poi coprirmi di nuovo, mica un granché come pretesa no? E invece non posso, sono costretto a passare notti apparentemente tranquille, immobili. La malattia non mi concede neppure – chiamiamolo il lusso – di passare notti agitate. Se ho sete suono il campanello, se ho fame me la tengo. Se mi scappa da pisciare no, la faccio nel pannolone, una vera comodità, anche perché questi pannoloni moderni assorbono piuttosto bene. Ci sono pannoloni e pannoloni, è ovvio, quelli standard fanno schifo, sono già zuppi alla prima pisciata, ma quelli che uso adesso, per i quali occorre sborsare un piccolo extra, devo ammettere che sono ottimi. Incominci a sentirti bagnato verso le quattro, ma se hai l'accortezza di non bere molto, arrivi alla mattina che, se non fosse per un certo odore che aleggia, quasi non lo diresti che ci hai pisciato dentro tutta la notte. Ecco, questa è la mia giornata tipo, chissà se la maestra leggerebbe il mio tema ad alta voce. Forse sì, o forse no. Anzi, anche volendo non potrebbe, sarà morta da almeno cinquant'anni.

7.
Una maniglia difficile

Nella casa di riposo siamo in cinquanta, ma c'è un certo ricambio. In media muoiono sette otto vecchi all'anno, con picchi più significativi in determinate stagioni. Luglio e gennaio sono i mesi che se ne portano via di più. Un altro mese critico è ottobre, non so perché ma ho notato che l'autunno è un buon periodo per morire. In ogni caso la proporzione tra uomini e donne è di circa di cinque a uno, per la gioia di Schiavone, che sta sempre molto attento ai nuovi arrivi. Le donne vivono di più, è un fatto innegabile, ma credo che presto ci sarà parità anche in questo campo. Comunque qui dentro comandano loro, le donne. Gli uomini sono troppo stanchi o troppo malati o troppo smarriti per contrastarle. Le cape sono tre o quattro autosufficienti che si battono per il primato della più stronza. Piccoli sgarbi, liti per delle banalità, temporanee alleanze finalizzate a scopi squallidi o puerili.

Da vecchi si diventa la parodia di se stessi, la caricatura di quello che si era da giovani, i difetti si ingigantiscono fino a diventare a loro volta la caricatura del difetto, di cui si accorgono tutti, tranne l'interessato. Allora succede che il malinconico diventa depresso, l'intollerante rabbioso, il buono stordito dalla bontà, l'avido ossessionato dal denaro. Qui dentro i difetti cristallizzati sono tutti ben rappresentati, ma il più diffuso è l'egoismo, proprio come nei bambini.

E anch'io, che da giovane ero pragmatico e disincantato, sono diventato cinico. Anzi, Elena dice che sono irreparabilmente nichilista. Non è vero, non è del tutto vero, cioè, perché se lo fossi davvero, nichilista, mi ucciderei. Anche se a pensarci bene non potrei farlo comunque, la mia vecchiaia non mi concede nemmeno questa definitiva libertà, questo definitivo privilegio. Non ho una pistola, né vorrei possederla, le medicine sono inaccessibili, dalla finestra non potrei gettarmi perché non riuscirei a salire sul davanzale... credo, e per gli stessi motivi, che nemmeno potrei impiccarmi, e poi con questa mano quasi inutile non posso neppure allacciarmi le scarpe, figuriamoci fare un nodo scorsoio.

Un giorno ci ho provato sul serio a farla finita, era la mattina di Natale di due anni fa, Elena era ricoverata in ospedale, aveva subito un'operazione al cuore, niente di serio, l'inserimento di un pacemaker, ma poi c'erano state delle piccole complicazioni, e così non erano riusciti a dimetterla. La notizia mi aveva turbato, non che fossi più depresso del solito, ma l'idea di sorbirmi il pranzo di Natale senza di lei mi riempiva di un'angoscia senza fine. Perché se c'è una cosa deprimente in questa casa di riposo sono le festività in genere e quelle natalizie in particolare. Capodanno non è un problema, perché a quell'ora dormiamo tutti, ma Natale è una desolazione. Iniziano una settimana prima con la disposizione a mo' di liane dei festoni di carta colorata, piazzano stelle di Natale in ogni dove, l'albero finto, e il presepe di plastica, anzi il plastico di un presepe già bell'e pronto, con il solo optional del bambin Gesù da collocare in un secondo tempo. Nel pomeriggio del ventiquattro viene un prete più vecchio di noi a officiare la Messa. È un prete eroico, ma che se non fossero costretti a raschiare il barile per via della crisi delle vocazioni sarebbe in pensione da chissà quanto tempo: non sta in piedi, non si capisce quello che dice – tanto che pensavo che parlasse in latino – e benedice con una sorta di vaporizzatore. C'è da non crederci ma è vero. Quando va a benedire le case del quartiere e quindi anche la casa di riposo, si presenta con due chierichetti che quasi lo sorreggono e ci inonda con ettolitri di acqua benedetta con uno di quegli aggeggi che servono per spruzzare le piante. Mai capito perché lo faccia, forse sognava di diventare un giardiniere, o forse per far prima. Anche la benedizione in fin dei conti è un lavoro.

Il giorno di Natale di solito gli autosufficienti se li portano via i figli, li vengono a prendere alle dodici e mezza e alle quattro li riportano indietro. Evidentemente tre ore da passare tutti insieme a pranzo bastano per alleviare i sensi di colpa. Così restiamo in una trentina, dieci dementi, un bel po' di allettati con piaga da decubito e una decina di malandati come me a festeggiare mangiando ravioli tacchino e panettone di seconda scelta. Lo spumante non è un granché ma il brindisi è uno spasso, cioè di una tristezza così sconfinata tanto da diventare uno spasso. Non me la sentivo di alzare un bicchiere e brindare al nostro squallore, così ho deciso di suicidarmi. Saranno state le undici. Tutto il personale era impegnato a ripulire la casa di riposo o a cucinare per il Grande Evento. Io ero in camera mia, terzo piano, dieci metri di vuoto sotto di me e quindi ottime probabilità di riuscirci. Fardi non c'era, lo era venuto a prendere il figlio, il colonnello Bernabei giocava con un fazzoletto, Schiavone era in giro a importunare le infermiere, oppure – ho pensato lasciandomi scappare quello che sarebbe stato il mio ultimo sorriso – a tentare di convincere la dottoressa Giannelli a fargli un pompino natalizio. Con uno sforzo indicibile mi sono alzato in piedi, appoggiandomici ho trascinato una sedia davanti alla finestra, ho spostato con fatica le tende, ho tirato su la tapparella, cinque centimetri per volta rilasciando e riprendendo la cinghia con una mano sola, e poi ho cercato di aprire la finestra. E quella maledetta finestra non si è aperta! Ho lottato per qualche minuto col mio equilibrio instabile e con la maniglia che non ne voleva saperne di ruotare. Niente, bloccata per l'eternità che mi ha negato. Ero ancora lì che combattevo per girarla che è entrata l'infermiera.

«Ma cosa fai?, in piedi?, da solo?, vuoi cadere?»

Be', sì, ho pensato.

«Volevo aprire la finestra per cambiare un po' l'aria» ho detto.

«Ma non se ne parla neppure, fuori saranno due gradi, vuoi prenderti un accidente? Vieni con me che ti metto sulla carrozzella e ti porto in salone. Poi la finestra la apro io, non ti preoccupare.»

Mi ha sorretto fino alla carrozzella, ha rimesso la sedia al suo posto non chiedendosi neppure perché era lì e mi ha portato nel salone. Mi ha salvato la vita. Potrò dire che un'infermiera che non voleva farmi prendere freddo e una maniglia difficile mi hanno salvato la vita, sempre che la mia vita di adesso si possa davvero definire tale.

Da quella volta non ci ho più provato. Ora potrei definirmi un nichilista debole in quanto non suicida, dove la debolezza va vista più che altro nella mia incapacità di ruotare una maniglia. O forse no, forse va vista nell'altro senso, perché è Elena che mantiene il mio nichilismo a livelli di debolezza incompatibili col suicidio.

8.

La poltrona vicino al bagno

In questa casa di riposo va in scena ogni giorno la parodia delle bassezze umane, che la vecchiaia, come un regista maledetto, esalta fino alla massima potenza.

L'apice della meschinità è la disputa per la conquista dei posti strategici. Non c'è paragone con l'altra, quella per farsi portare a letto per primi, quella in fondo è una gara, con degli obbiettivi squallidi fin che si vuole ma pur sempre una gara combattuta alla luce del sole, questa invece ufficialmente non esiste, è sotterranea. In quella vince il più forte, il più prepotente, in questa il più subdolo, il più meschino, appunto. Ci sono due vecchie, ad esempio, che si battono ogni giorno da un anno per accaparrarsi la poltrona vicino al bagno. Così se gli scappa, e gli scappa spesso, arrivano subito senza rischiare. È una lotta sfiancante. Certe volte alle sei di mattina una delle due è già lì seduta. Ma è solo l'inizio della grande battaglia quotidiana. I pasti le costringono ad abbandonare per una mezzora l'ambita postazione, e così dopo pranzo la guerra ricomincia. È uno spettacolo – per chi lo sa apprezzare – vedere come si ingozzano per finire di mangiare il più presto possibile, gli sguardi obliqui che si lanciano. Sembrano centometriste in attesa del via. Ogni tanto, la meno ingorda, con una mossa a sorpresa rifiuta il dolce, abbandona furtiva la sala e si siede trionfante. Una volta, la più sleale non ha rispettato quello che deve essere una sorta di codice deontologico che si sono date: chi si alza solo per andare in bagno mantiene il possesso della poltrona momentaneamente libera. Anzi, più che un codice deontologico deve essere una necessità che nasce dal fatto di evitare gli imbarazzanti avvicendamenti cui viceversa sarebbero sottoposte, visto che vanno in bagno almeno venti volte al giorno. Ebbene quella volta, per la prima volta, hanno litigato ferocemente. Mesi di frustrazioni accumulate giorno per giorno si sono liberate nel giro di pochi minuti e la gentilezza ipocrita dei loro rapporti formali ha ceduto di schianto sotto la pressione dirompente dell'odio. La diga è crollata. L'acredine a lungo trattenuta ha invaso i loro gesti, la loro voce, i loro occhi. Urlavano garrule e stizzite come uccellacci del mesozoico. Se la sono presa perfino con me che ho avuto il torto di assistere alla scena rimanendo impassibile, o meglio: compiaciuto.

La due vecchie si chiamano Orlandi e Pozzi.

«E lei, signor Perez, non dice niente?» mi ha detto la "signora" Orlandi, furiosa, perché l'altra, nonostante il suo sbraitare, dopo averle risposto per le rime, non la considerava più, anzi le faceva il verso.

«Cosa vuole che dica?»

«Avrà visto, no? Avrà visto che c'ero io e che appena mi sono alzata la signora Pozzi si è subito seduta al mio posto.»

«Io non ho visto niente» ho risposto pensando a come sarebbe stato bello dirlo con la cadenza siciliana, se ne fossi stato capace.

«Ah, non ha visto niente? Ha visto benissimo invece, non può non aver visto, sorrideva pure!»

«Va bene, ho visto, e allora?»

«Come, e allora? Glielo dica, glielo dica alla direttrice.»

«Ma cosa le devo dire, scusi?»

«Che ho ragione io, che la signora Pozzi si deve alzare im-me-dia-ta-men-te!»

Tutto questo mentre la signora Pozzi, stravaccata sulla poltrona, con gli occhi incollati a una rivista commentava ad alta voce un articolo sull'amore tra Carlo e Camilla.

«Ma cosa vuole che mi interessi chi ha ragione, chissenefrega delle vostre beghe.»

«Maleducato, lei è un gran maleducato lo sa?»

«Lo so.»

A quel punto la Pozzi con un gesto di aristocratica superiorità si è alzata e ha detto:

«Lasci perdere signor Perez, era una pescivendola e pescivendola è rimasta».

«Ha parlato la regina d'Inghilterra!» ha urlato la Orlandi, «ne ho sapute sul suo conto, ne ho saputo delle belle... lo sapete come la chiamavano, lo sapete, eh?... la chiamavano Nave scuola!»

Schiavone, si è materializzato all'istante rizzando le orecchie. La signora Pozzi sempre con quella sua aria di nobile distacco non ha replicato alla provocazione, e ha detto ancora:

«Si sieda, si sieda pure e ci schiatti su quella sedia».

«No, non mi siedo, le piacerebbe eh? Ora non mi ci siedo più.»

Poi è restato soltanto un silenzio carico di tensioni, e quella sedia vuota. Ci si è seduto un demente, un'ora più tardi, così, per caso; le due vecchie l'hanno guardato, e non gli hanno detto niente.

A cena Elena mi ha chiesto:

«Secondo te chi aveva ragione?».

Le ho sussurrato una frase che mi è venuta in mente, un vecchio modo di dire che ripetevo spesso da bambino: "Chi va arrosto perde il posto".

«Giusto» mi ha detto Elena, «e poi tra i due litiganti il terzo gode».

Abbiamo riso, ed era tanto che non mi succedeva.

Da vecchi le priorità si stravolgono, le esigenze si riducono all'essenziale, i gesti naturalissimi di un tempo diventano un impegno gravoso, allora è normale che una poltrona davanti al cesso finisca per essere il fine ultimo dell'esistenza. Ma che vita è? È più dignitoso farsela addosso che vivere per evitarlo.

Eppure non ho mai visto nessuno così aggrappato alla vita, così attento al minimo dolore come certi vecchi di qui. Aspettano quella farsa di visita quotidiana a cui ci sottopongono con la trepidazione di quindicenni al primo appuntamento. Iniezioni, medicine e purghe sono i loro oggetti del desiderio. La distratta misurazione della pressione è un rito più sacro della Messa. Solo in questo certi vecchi differiscono dai bambini che furono. I bambini hanno paura delle medicine, i vecchi le esigono.

I medici arrivano, con quel loro camice bianco, ti domandano ma non ti chiedono, ti guardano ma non ti vedono, ti parlano ma non ti sentono. Ti visitano, questo sì, se è proprio il caso, ma hanno fretta, fanno presto. Ogni tanto si arrabbiano quando qualcuna è più petulante, più spesso però si trattengono, dicono "non si preoccupi", "stia tranquilla", "mangi di più", "le do io una medicina che le farà passare tutto", e magari la vecchia vorrebbe solo spiegarsi, comunicare se non proprio uno stato d'animo almeno un pensiero compiuto, dire una cosa con calma, ma loro sorridono sfuggenti, elargiscono paterni una leggera carezza e se ne vanno da un altro a recitare la stessa commedia. Hanno ragione però, sono fin troppo pazienti. Quando pretendi che un tuo simile sia umanamente interessato alla tua stitichezza, e lo pretendi tutti i giorni, anche quando l'hai "fatta" perché non ti sembra di averne fatta abbastanza, e per di più sei un vecchio, il minimo che si possa ricevere è un sorriso sfuggente, una leggera carezza e una medicina che ti farà passare tutto, vale a dire che ti manderà a cagare.

Qualche vecchio di qui, però, se ne frega dei medici e delle medicine. Ci sono alcuni personaggi periferici talmente ottenebrati dalla vecchiaia che la vecchiaia nemmeno li sfiora. Vite che si consumano come le macchine accatastate nei parcheggi degli sfasciacarrozze. Esseri umani da rottamare. Dove li mettono stanno, non fanno richieste, aspettano. Anzi neppure quello. L'attesa richiede una partecipazione emotiva che loro non hanno. Ogni giorno osservano inermi il trafficare degli infermieri sul loro corpo come fosse il corpo di un altro.

Ci sono tre donne che vagano senza meta vestite di tutto punto, con la borsetta in mano, pronte per uscire. Anime in pena in questo purgatorio sulla Terra. Recalcitranti a ogni sedativo, attendono un improbabile figlio o marito o perfino la madre che venga e le porti a casa. Scappano, quando ci riescono.

C'è n'è una in particolare che soffre più di tutte. Si chiama Fritz, e già quel nome è un segno del destino, direi un presagio. Dalle otto di mattina fino alle otto di sera non si ferma mai. Cammina avanti e indietro per il corridoio o per il salone e chiede a tutti se per caso hanno visto la figlia.

«Per caso ha visto mia figlia?... Per caso ha visto mia figlia?... Per caso ha visto mia figlia?... Per caso ha visto mia figlia?» Nessuno le risponde più, ormai, ma lei dice lo stesso grazie e dopo un po' lo domanda ancora, anche alla stessa persona, se la incontra di nuovo. Nessuno può aver visto la figlia perché è morta sessant'anni fa.

Un giorno, ero qui da poco più di un mese, mi sono accorto che la signora Fritz, approfittando inconsapevolmente della disattenzione del personale, aveva guadagnato l'uscita. Era entrata con naturalezza nell'ascensore e, credo in modo del tutto casuale, aveva schiacciato il pulsante del piano terra.

Ho pensato di avvisare, di gridare di fermarla, ma poi ho taciuto, regalandole quell'assurda libertà.

L'hanno trovata di sera, stanca e infreddolita, appoggiata a un muretto che guardava il Tevere proprio di fronte alla casa dove abitava da ragazza. L'ha riconosciuta una sua vecchia compagna di scuola, una che da non so quanto tempo non la vedeva e che viveva ancora a Trastevere. Poi si è saputo che dentro a quel fiume, forse proprio in quel punto, si era buttata la figlia adolescente.

Il giorno dopo la signora Fritz vagava ancora senza meta, attanagliata da un'ansia incontenibile, vestita di tutto punto, con la borsetta in mano, pronta per uscire e chiedeva a tutti se per caso avevano visto la figlia. Che pena mi fa.

9.

La fisica è Dio

Con Elena ogni tanto parliamo di Dio, lei ci crede, io no. No, Dio non esiste, ne ho le prove, le ho trovate all'interno del nucleo dell'atomo. Lì dentro è tutto casuale, le particelle sono schegge impazzite, e sono loro che regolano le leggi della materia, anzi, che se ne fregano delle leggi della materia. Quale Dio potrebbe aver creato il mondo facendolo a caso? Quale Dio potrebbe permettere al caso di condizionare la nascita, l'evoluzione e perfino il destino dell'Universo?

Dio non può giocare a dadi col mondo, diceva Einstein. Si sbagliava, ci gioca invece.

Ai tempi di Einstein ci potevano essere ancora dei dubbi, oggi non più. E allora delle due l'una: o Dio non esiste o esiste un Dio che consente al caso di agire all'interno del Sistema perdendone di fatto il controllo. Perché il caso, se è davvero tale, non ha padroni. Mi sono chiesto perché, perché lo farebbe, e la sola risposta che mi sono dato è quella di un Dio che scopre nel caso l'unico suo possibile strumento di conoscenza, che per noi significa libertà. Nemmeno Dio, infatti, può decidere quel che succederà al mondo se è il caso a dominarlo. Purché lo lasci comunque libero di fare. Sempre. Non avrebbe senso altrimenti adoperarsi ogni tanto per correggere quello che sarebbe, a ben vedere, un progetto difettoso. Insomma, se Dio gioca a dadi col mondo non può farlo con dei dadi truccati. L'unica risposta che mi sono dato, allora, è quella di un Dio che si è ritirato dalla Creazione e sta a guardare. È curioso, interessato, emotivamente partecipe, ma non sa come andrà a finire la Partita, neppure in quest'angolo remoto del cosmo. Separandosi dalla Creazione e affidandosi al caso ha scelto di non sapere, di non interferire.

Quale Dio altrimenti potrebbe vedere morire un bambino di cancro o di Aids e non far nulla? Quale Dio potrebbe permettere un'infanzia fatta di radiazioni e di letti d'ospedale, con i capelli radi e le vene fragili, o di fame dimenticata, con la pancia grossa e le mosche negli occhi, o di abbandono e di maltrattamenti, con i vestiti sporchi e i lividi sul corpo. Un'infanzia senza l'angelo custode, oppure con un angelo custode indifferente o impegnato altrove, forse da altri bambini che di angeli al loro fianco sembrano averne due. Quale Dio potrebbe lasciar morire un bambino solo perché rincorreva un pallone? Quale angelo può distrarsi fino a questo punto?

No, Dio non esiste, perché se esiste un Dio che consente il dolore del mondo come effetto collaterale della sua conoscenza – se pure la contropartita è la nostra libertà – è un Dio difficile da accettare, soprattutto per me, che ho pagato sulla mia pelle. E nessuno mi dica, invece, che l'agire divino è inafferrabile e misterioso, che Dio sta al di là di tutte le idee di giustizia che possiamo avere su di Lui, perché non posso accettare neppure questo. Sono disposto, anche se con grande disagio, a sopportare la mia sofferenza, e quella degli altri, anche quando sembra accanirsi, ma non sono disposto ad accettare la sofferenza dei bambini nascondendomi dietro alle imperscrutabili motivazioni dell'agire divino. È facile vedere Dio nella bellezza della natura o nella perfezione delle dinamiche cosmiche, ma allora lo si dovrebbe vedere anche nelle putride discariche di Calcutta, che sono le case di bambini che si cibano di spazzatura, o in certe camere d'albergo di Bangkok, e nella supplica che il bambino rivolge al pedofilo che lo violenta e che si esalta, il bastardo, si esalta per quella preghiera. Lo si dovrebbe vedere, certo, ma io non lo vedo.

E pensare che invece c'è stato un tempo in cui l'ho pregato, Dio, gli ho chiesto di salvare David. Non l'ha fatto. Perché? Eppure qualche volta lo fa, sembra che faccia miracoli. Con quale criterio? Ci sono forse bambini che meritano più di altri di essere salvati? David non lo era, meritevole? Non posso credere che Dio premi i figli di quelli che hanno più fede in Lui, perché i bambini sono tutti uguali. Quale disegno può giustificare una sofferenza così grande? Ma forse chi soffre su questa Terra ha diritto ad un'eternità più vicino alla luce di Dio. È così? Una volta un prete mi ha detto che è così. Mentre mi disperavo davanti al corpo freddo di David mi ha detto che la sofferenza ha un valore che noi non possiamo razionalmente afferrare, che esiste un beneficio assicurato dal dolore grazie al quale a tutti coloro che hanno veramente sofferto nella vita sarà concesso un posto privilegiato nella auspicata eternità, una maggiore vicinanza alla Pienezza Divina. E allora? Anche se fosse così? Almeno fatemi scegliere!, perchè io avrei preferito soffrire un po' meno su questa Terra e poi trastullarmi con una eternità un po' meno beata.

No, mi dispiace, io non ci casco, o Dio non interviene mai o interviene sempre, per tutti, ma visto che non interviene sempre, allora vuol dire che non interviene mai, oppure, come è molto più logico pensare, che non c'è. Ce lo siamo inventato noi, prima della ruota, e si è rivelato molto più utile.

Aveva ragione Camus quando diceva: "... E mi rifiuterò fino alla morte di amare questa Creazione dove i bambini sono torturati".

Tutti si affannano a cercare il senso delle cose, ma l'Universo è solo un Sistema fisico, che scopo o fine ci può mai essere in un Sistema fisico? La fisica spiega se stessa, purché non si cerchi qualcuno o qualcosa che spieghi la fisica. Nessuno può spiegare la fisica perché, come diceva Platone, la fisica è Dio. Oggi ha assunto la forma dell'Universo, ma c'era già prima del Big Bang e c'è sempre stata. Se tornassimo indietro di venti miliardi di anni e guardassimo oltre l'orizzonte degli eventi la potremmo vedere, potremmo vedere un paesaggio inconcepibile dove lo spazio e il tempo implodono in un cono di gravità che li polverizza, dove le differenze si assottigliano fino a diventare uguali, dove gli opposti si avvicinano fino a diventare unici. Potremmo vedere il vuoto che si è compresso fino a diventare un punto che conteneva tutto l'Universo e dal quale è esploso il Big Bang. Il vuoto! Non Dio, e neppure il nulla, perché il nulla è niente e niente potrebbe nascere da nulla, mentre il vuoto è pieno di fisica. È nel vuoto che si nasconde la fisica più violenta. Altra fisica, naturalmente, inaccessibile da questo Universo, ma che per esistere non ha bisogno di nessuno che la crei, non di più, almeno, di colui che avrebbe dovuto crearla. Semplicemente *altra fisica*, correnti fluttuanti di energia. Noi siamo una fluttuazione del vuoto, tutto qui.

Oggi Dio non lo cerco più. Qui dentro non c'è di sicuro.

Per fortuna che c'è Elena, invece, a me basta lei.

10.

Il privilegio dell'irriverenza

Da quando sono qui, se ancora avessi avuto dei dubbi, ho definitivamente capito che neanche l'altruismo esiste, almeno come idea pura. L'altruismo è la maschera dorata dell'egoismo, in qualche caso del narcisismo, nient'altro che una loro anomala gratificazione.

C'è qualcuno che crede davvero all'esistenza di uomo sulla faccia della terra che mette gli altri prima di se stesso? O che almeno non usa gli altri, magari in buona fede e con intenti lodevolissimi, per carità, ma pur sempre in suo favore?

C'è chi gode a fare del male e chi gode a fare del bene, ma tutto alla fine serve sempre e solo al proprio godimento. A far del bene ci si sente buoni e in pace con la propria coscienza, si soddisfano esigenze personali, in fondo, che per alcuni addirittura si esauriscono nell'ammirazione suscitata nella gente. Bisognerebbe che fosse il contrario, allora sì che si capirebbe se l'altruismo esiste davvero. Bisognerebbe che a far del bene si provassero disagio, sensi di colpa, rimorsi, proprio come ci si sente, talvolta, dopo aver compiuto una cosiddetta "cattiva azione".

Quanti continuerebbero a far del bene se le cose stessero così? Allora sì che ci crederei, io, all'altruismo, altrimenti è troppo facile. E allora non ci credo.

Tra animatori e volontari qui gli altruisti si sprecano, e sono un incubo, almeno per me. Arrivano con le chitarre e ci costringono a cantare le canzoni dei nostri tempi, delle quali, tra l'altro, non ricordiamo nemmeno più le parole, oppure ci obbligano a fare giochini demenziali, o a disegnare, o a dedicarci al bricolage. Per fortuna che sono emiplegico e non possono farmi fare nessun bricolage.

Il venerdì, poi, ogni maledetto venerdì, c'è l'appuntamento inevitabile con la tombola! La organizzano in tre, tre signore piuttosto avanti con gli anni di non so quale associazione di volontariato. Tre signore che assomigliano in modo inquietante ad altrettanti animali, e che con Elena chiamiamo il pinguino, il topo e il criceto. Ci fanno sedere, anzi *li* fanno sedere, attorno ai tavolini del salone e iniziano con questa dannata tombola. Il pinguino tira su i numeri facendo le solite battute abominevoli sul loro significato mentre il topo e il criceto girano per i tavoli a sistemare i fagioli sulle schede perché altrimenti nessuno o quasi si accorge che il suo numero è uscito. Se ne stanno tutti lì, imbambolati, con lo sguardo vitreo e assente, col fagiolo in mano ad aspettare un numero che non esce mai, cioè che esce, che è già uscito chissà da quanto ma di cui loro non si sono accorti perché sono sordi o distratti o appisolati, oppure perché non sanno neppure chi sono e perché sono lì. Fanno ambi, terni, quaterne e perfino tombole, ma non hanno fagiolo sulla cartella che sia uno, oppure li fanno cadere tutti, cartella compresa. Ogni tanto senti dire: «Ma signora, il 90 è già uscito... e anche il 21.... e anche il 46... aspetti un po', mi faccia controllare... ma sì anche il 12, signora!, lei ha fatto tombola, bravissima!». E quella magari accenna un sorriso ebete e biascica "tombola".

La prima volta ci ho giocato anch'io, mi sono ritrovato col fagiolo in mano e la cartella sul tavolo senza quasi neppure accorgermene. Mi hanno preso alla sprovvista, non avevo capito bene, ero in camera mia che sonnecchiavo seduto sulla carrozzella, mi ero fatto portare lì proprio nella speranza di evitare le volontarie.

«Signor Tommaso! Cosa ci fa qui in camera tutto solo!» ha trillato il topo spuntando dalla porta con quella sua faccia da topo.

Non ho risposto, l'ho fulminata con lo sguardo.

«Ehi, ma che brutta faccia!»

«Ce l'avrai bella tu» ho biascicato.

«Cosa? Non ho capito...»

Di nuovo non ho risposto.

«Ohhh, ma come siamo arrabbiati oggi pomeriggio! Come mai? Il tempo? È per questo tempaccio, vero? Anche a me, sa, fa quell'effetto lì, ogni volta che piove mi sento giù, si dice metereopatia, lo sapeva? ma bisogna reagire, sorridere.»

Veramente si dice meteoropatia, ho pensato. Ho scosso la testa, ho accennato un sorriso e approfittandone le ho detto: «Ecco, ho sorriso, contenta?, però adesso smammare, grazie».

«Ah, signor Tommaso, non cambia mai lei eh?, sempre scorbutico, ma oggi vedrà che la faremo divertire» e dicendo così ha afferrato la carrozzella e l'ha spinta verso il salone, mi ha piazzato sotto a un tavolo, ha disposto davanti a me due cartelline e un mucchietto di fagioli e me ne ha messo uno in mano.

«La tombola!» ha squittito, «ci sa giocare, no?»

Ho fatto cenno di no con la testa.

«Eh eh, lei è un bel dritto sa?, invece sono sicura che sarà proprio lei a fare tombola. Ehi!, però non si vincono soldi eh... re-ga-li-ni! Contento? Sorrida, su!»

«Ma vai affanculo» ho biascicato piano, quasi tra me e me, sorridendo.

Ho messo solo qualche fagiolo qua e là stando ben attento a non vincere niente, l'ho fatto apposta, avrei fatto pure una bella quaterna, ma non mi andava di alzare una mano, l'unica che posso alzare, e dire quaterna!, così sono stato zitto e la quaterna l'ha fatta un altro, uno dei pochi oltre a me che sapesse davvero cosa stava facendo.

Quest'anno, tanto per non farci mancare niente, i tre animali hanno deciso di organizzare la pentolaccia. Scena disgustosa. Prima hanno provato a bendare i giocatori, ma dato che volavano manganellate dovunque tranne che contro la pentolaccia hanno desistito e li hanno sbendati, senza ottenere però risultati migliori. Alla fine la pentolaccia l'hanno rotta loro, prima che facesse notte. Hanno cercato di coinvolgere anche me, che me ne stavo tranquillo in disparte a guardare, e questa volta per evitare di partecipare ho dovuto ricorrere alle minacce.

«Signor Tommaso, provi lei adesso» mi ha incitato il topo porgendomi il bastone, anzi una stampella che usavano come bastone. Che tristezza.

«Ma non lo vede che sono in carrozzella?» ho risposto con un tono piuttosto secco.

«E be'? non importa, non ha visto che la pentolaccia va su e giù?, la abbassiamo così ci arriva anche da seduto» ha insistito con un sorriso ebete stampato in faccia.

«Per favore, la prego, non cadiamo nel ridicolo.»

«Ma perché dice così?, su su non sia timido.»

«Timido? Senta, a parte tutto, ho un braccio solo e anche se l'abbassate non riesco a colpire con forza, è inutile» ho risposto fin troppo paziente.

«Ma no... signor Tommaso, non ci vuole tanta forza, guardi, proprio perché è lei le faccio dare sei colpi invece di tre, contento?»

«No, le ho detto di no!»

«Su, avanti» ha insistito a quel punto il topo facendo finta di non aver sentito, «ecco il bastone, lo prenda e colpisca con tutta la sua forza» e mi ha messo in mano la stampella.

E allora io non ce l'ho fatta più, sono sbottato: «Ascolta, topo, stammi bene a sentire, sturati le orecchie: se non ti levi immediatamente dai coglioni, prima ti rompo la testa e poi questa cazzo di stampella te la ficco su per il culo».

Ci sono stati attimi di silenzio imbarazzato con il topo che non sapeva più dove guardare, Elena che scuoteva la testa con una smorfia rassegnata, la direttrice che nel frattempo era arrivata e aveva rotto il silenzio sbraitando contro la mia maleducazione, io che finalmente ero contento anche senza dare sei colpi invece di tre.

È passato ancora qualche secondo e poi il topo ha riacquistato padronanza di sé, è rientrata pienamente nel personaggio della buona samaritana e con voce mielosa e impostata, con sguardo svenevole e commiserante, facendo il gesto di protendere la mano verso di me come per accarezzarmi, mi ha chiesto: perché?

Io l'ho guardata ma non ho risposto. Non capivo perché mi aveva chiesto perché, ma sentivo che anche il tono della sua voce e quel suo sguardo di finta benevolenza mi metteva addosso una gran voglia di dargliela davvero una bastonata in testa, meglio tacere. E così lei mi ha ripetuto: perché?

«Perché cosa?» le ho chiesto questa volta.

«Perché non cerca di rassegnarsi? Perché non accetta lo sforzo che facciamo per aiutarvi? Perché non vuole mai giocare con noi? Perché lei è sempre così scontroso?»

Ho avuto un attimo di sospensione, ho sgranato gli occhi titubante e perplesso. Sono certo che il topo deve aver pensato di essere riuscita a cogliere nel segno, invece io ero indeciso se dirglielo perché o se mandarla di nuovo affanculo. Poi ho deciso. Sono stato ancora un po' zitto e le ho detto, con lo sguardo di chi ha capito di aver esagerato: «Vede signora, non è facile, non è per niente facile». E sono stato di nuovo zitto.

«Non è facile cosa?» mi ha chiesto l'ottusa.

«Spiegarle perché sono così» le ho risposto trattenendomi.

«E lei ci provi.»

«Ummh, dunque vediamo, no… sarebbe un discorso lungo, non vorrei annoiarla.»

«Ma non ci pensi nemmeno, figuriamoci se mi annoia, mi dica, su, avanti, si lasci andare» mi ha detto allora lei cercando compiaciuta gli sguardi delle sue colleghe come dire: «Visto, basta saperli prendere».

«No no, è un discorso troppo lungo… difficile da fare.»

«Ohh che sarà mai?»

«No, davvero, non voglio annoiarla.»

«Ma se le sto dicendo che non mi annoia…»

«Si fidi, l'annoierei.»

«Se le dico di no!»

«Potrei provare a riassumere il concetto» le ho proposto.

«E d'accordo, me lo riassuma» mi ha detto quella già un po' spazientita.

«Va bene glielo riassumo: vada affanculo lei e la pentolaccia.»

A quel punto Elena mi ha portato via, ha messo le mani sulle maniglie della carrozzella e mi ha spinto via. E mentre ci allontanavamo lasciando dietro di noi una cupa atmosfera di gelo e incredulità, mi ha detto: «Sarebbe stato meglio se l'ictus ti fosse venuto a sinistra, così almeno avresti perso l'uso del linguaggio».

Sì, forse sarebbe stato meglio.

Da un po' di tempo a questa parte non bisogna difendersi solo dalle insistenze e dagli improbabili programmi di animazione dei tre animali, occorre sorbirsi anche gli stucchevoli discorsi dei confortatori. Davvero, ne ho abbastanza di questo delirio della parola di conforto al povero vecchio. Io non voglio essere né confortato né animato, e neppure rianimato!

Ora che la solidarietà va di moda, schiere di casalinghe insoddisfatte, di pensionate "ancora giovani", mi tempestano di parole di conforto. Fanno un po' di volontariato e credono di essersi comprate il Paradiso, di essersi sciacquata la coscienza. Attente signore: se Dio esiste vi legge nel cuore, se lo avete nero, due ore di volontariato alla settimana non basteranno a ripulirlo.

Mi chiedono, vogliono sapere come sto. Non lo vedi come sto? C'è bisogno di chiederlo?

Per fortuna si stufano. Non do soddisfazione. Ho sempre parlato poco nella vita, ho sempre seguito la regola aurea di non dire niente quando non avevo niente da dire. E ho sempre mal sopportato l'autocommiserazione, e ancora meno l'idea di far pena alla gente, quindi non piango sulle loro spalle, rispondo a monosillabi o non rispondo proprio, e quasi sempre mentre mi parlano mi addormento, o faccio finta di addormentarmi. Così piano piano se ne vanno.

La vecchiaia ha questo vantaggio: se ti addormenti nel bel mezzo di un discorso nessuno si stupisce. Magari fosse stato così anche da giovane, quando incontravo qualche imbecille che non la smetteva più di parlare. Quanto sarebbe stato bello, mentre l'imbecille parlava io mi sarei addormentato, così, di colpo, e l'imbecille se ne sarebbe andato, attento a non far rumore, come se fosse la cosa più naturale del mondo. Allora io avrei aperto un occhio a fessura, mi sarei assicurato che l'imbecille se ne fosse andato davvero e me ne sarei andato anch'io. Quante cazzate in meno avrei sentito nella mia vita!

Ma c'è un altro privilegio che garantisce la vecchiaia, l'unico, in definitiva, che ci è concesso. Tanto tempo fa c'era una pubblicità dove qualcuno diceva a una donna bellissima: "Con quella bocca può dire ciò che vuole". Ecco, anch'io, che non sono una donna bellissima e che ho i denti ingialliti dagli anni e dai troppi sigari toscani, posso dire ciò che voglio. Io, vecchio e decrepito ottantenne ho il privilegio dell'irriverenza, perfino della maleducazione se mi va, comunque della franchezza anche quando sfocia nella cattiveria. I vecchi possono dire ciò che vogliono, quasi come i bambini, quelli più piccoli, perché agli altri già non è più concesso. I vecchi scorbutici possono risultare perfino simpatici, non hanno più niente da perdere o da dimostrare. Possono dire a un cretino che è cretino senza aver paura che questo si offenda, e se per caso è davvero così cretino da offendersi, loro, i vecchi, se ne fregano. Ma siamo in pochi ad averlo capito, siamo in pochi ad aver superato ogni forma di ipocrisia, siamo in pochi ad esserci conquistati il lusso della sincerità.

Per fortuna che c'è Elena che sa realmente confortare. E infatti è lei che qualche volta conforta i confortatori. Anche lei ha superato ogni forma di ipocrisia, anche lei si è conquistata il lusso della sincerità, ma in modo molto diverso da me.

SECONDA PARTE

Che cosa ti aspetti da me?

11.
Oltre il giardino

Elena Mattei ha settantasette anni ed è bellissima. Era un'insegnante di danza, ma teneva corsi solo per bambini, e io vorrei tanto essere stato il piccolo allievo a cui insegnava. I suoi occhi sono quelli di una bambina. Azzurri, vivissimi e luminosi. La sua pelle è fresca, solcata da rughe discrete. Peccato l'artrite reumatoide che la tormenta e il cuore che batte piano.

Ha deciso lei di venire qui, quattro anni fa, quando le è morto il marito che non amava e che l'hanno costretta a sposare. Ai nostri tempi usava così. Padri padroni che per pura convenienza costringevano le figlie a sposare chi volevano loro. Eppure è stata vicina a quel marito che ha dovuto subire, fino all'ultimo. «Era un buon uomo» mi ha detto, «poteva andarmi peggio.»

È stata lei a rivolgermi la parola per prima, io me ne sarei guardato bene.

«Professor Perez» mi ha chiesto, «le dispiace se mi siedo qui, accanto a lei?»

Certo che mi dispiace, ho pensato. Ma l'ho solo guardata accennando un mezzo sorriso. Mezzo anche perché la mia bocca, dopo l'ictus, mi consente soltanto un sorriso a metà. Comunque ho sorriso perché mi ha fatto piacere che qualcuno mi chiamasse così. Quando non mi chiamano nonno o nonno Tommaso, mi chiamano signor Tommaso.

Non mi importa che mi chiamino professore, sia chiaro, ma esigo – "esigere", ecco un verbo che da vecchi non ha più alcun senso – che mi chiamino Tommaso oppure col mio cognome, signor Tommaso cosa vuol dire? Non è confidenziale e nemmeno cerimonioso. In ogni modo meglio signor Tommaso che "Il ventiquattro".

«Il ventiquattro ha la febbre» – «Hai fatto camminare il ventiquattro?» – «Porta da mangiare al ventiquattro che oggi non si vuole alzare» – «Il ventiquattro ha rotto i coglioni tutta la notte» – «Il ventiquattro s'è cagato addosso».

Il fisioterapista mi ha detto che spesso gli infermieri tra di loro mi chiamano "Mister vaffanculo", perché ho questo vezzo di mandare tutti affanculo. Ecco, questo è un bel nome, mi piace, peccato che mi chiamino così solo quando sono tra loro, dovrebbero farlo sempre, se non altro lo preferirei a "Nonno" oppure a quel nomignolo per il quale potrei anche uccidere: "Nonnino".

Per fortuna che c'è Elena che mi chiama Tommaso, normalmente, semplicemente, amorevolmente Tommaso.

Ci sono voluti sei mesi prima che ci dessimo del tu, siamo gente d'altri tempi; ma poi la nostra confidenza è diventata così profonda che quando parlo con lei ho lo stesso pudore che avrei se parlassi tra me e me. Non ci sono barriere tra noi, non c'è nulla che non le direi. Ci siamo raccontati la vita, così come l'abbiamo vissuta.

Solo a due vecchi può succedere questo miracolo, i giovani non possono capire. Solo se si ha un corpo disfatto come il mio, solo se lei ti vede cadere quando provi a camminare, solo se lei ti vede mangiare con difficoltà o ti deve imboccare puoi capire cosa intendo. Se superi la falsità dell'apparenza, la rigidità della forma, la decadenza della vecchiaia, allora non c'è nulla che ti può imbarazzare.

Certe volte sono geloso di lei. È così disponibile, così umanamente interessata agli altri, così attenta ai bisogni di chiunque, che certe volte mi fa rabbia perché vorrei che tutte le sue premure fossero per me. Non è egoismo il mio, voglio dire, non è solo egoismo, è gelosia, soprattutto.

È così gentile, lei. Mai una parola fuori posto, mai un gesto di stizza. La sua è una cortesia sincera, mai sporcata dalla convenienza, non maschera mai il disappunto col sorriso. La sua amabilità è autentica, a tal punto che la sua mitezza diventa autorevole.

Passiamo molto tempo insieme, tutto quello che la vecchiaia e le regole di questo posto ci consentono, ma io vorrei che fosse di più. Vorrei vivere con lei, nella stessa casa, fuori di qui. Passeggiare con lei, mangiare con lei, da soli e senza farmi aiutare. Dormire con lei, ballare con lei, prendermi cura di lei, perfino fare l'amore con lei. Tutte cose normali, come una coppia normale.

Ma non posso farlo, il mio corpo non lo permette.

La mente sì. La mente sarebbe pronta, per il solo fatto di riuscire a immaginarlo.

L'avessi incontrata prima... e non parlo di vent'anni fa, quando dico prima intendo sessant'anni fa. Sapere che lei c'era, che è nata nella mia stessa città, in un quartiere non lontano dal mio, è il più grande rimpianto che ho. Chissà quante volte ci siamo sfiorati, questione di ore, di minuti, forse sarebbe bastato un cambiamento minimo, impercettibile dei percorsi della nostra vita, e la vita l'avremmo trascorsa insieme. Certo, l'avessi incontrata prima non avrei mai conosciuto Karen e nostro figlio non sarebbe nato, ma almeno nessuno me lo avrebbe tolto.

Certe volte mi accarezza. Mi prende le mani nelle sue e le accarezza, oppure mi sfiora le guance e poi le bacia. E io chiudo per un attimo gli occhi e respiro, respiro l'odore della sua pelle. Provo brividi di dolcezza dimenticata. Ritrovo le carezze di Karen, quelle di David, perfino quelle di mia madre, ma soprattutto riscopro la sensazione di essere toccato, non come fanno qui, sempre, per dovere o cura, ma per intimità. Ed è quell'intimità nuova, inaspettata, esclusiva che mi dà brividi di piacere, in fondo, perché ho piacere, provo un immenso piacere che sia lei, proprio lei a toccarmi, e non Karen e non David e non mia madre, ma lei. Lei.

Anch'io l'accarezzo. Le tocco i capelli, bianchi, fini, delicati. Non è stato facile. Quant'è difficile accarezzare, dovrebbe essere la cosa più naturale del mondo invece è così difficile. Quante volte ho pensato di alzare la mano per farlo ma poi il pensiero non riusciva a trasformarsi in azione, la volontà non bastava, e non per debolezza questa volta, ma per pudore. Era frenata dal pudore. Poi un giorno ci sono riuscito. È stata lei a guidarmi la mano.

«Perché non lo fai?» mi ha detto.

«Perché non faccio cosa?»

«Perché non mi accarezzi?»

Io non mi ero neppure mosso, avevo soltanto pensato di farlo.

L'ho guardata, non sapevo che dire, allora lei mi ha preso la mano e l'ha baciata e poi se l'è portata sul viso.

Quasi tutte le mattine, appena le infermiere mi mettono in carrozzella, Elena è lì che mi aspetta e la colazione la facciamo insieme. Spesso, quando sono in difficoltà è lei che mi tampona col tovagliolo il rivoletto di latte, oppure quando vede che sono troppo lento e il latte si è quasi freddato mi imbocca proprio. La prima volta che l'ha fatto ho provato vergogna e un moto di rabbia feroce, forse addirittura verso di lei. Dopo, per un po' ci abbiamo scherzato su, sdrammatizzando l'imbarazzo con l'ironia, adesso invece quando lo fa la sua mano è come se fosse la mia, il suo è il mio braccio sinistro. Poi la giornata scorre via lenta e pesante come il mio corpo ma alleggerita dalla sua presenza, dai nostri discorsi, perfino dai nostri silenzi.

Ci sono giorni d'estate che ce ne stiamo in giardino, sotto il pergolato, in silenzio, un silenzio così diverso da quello in cui vivevo quando ero rimasto solo, così lontano da quello in cui ho vissuto per anni con Karen dopo la morte di David. Un silenzio libero dalla pur minima tensione o imbarazzo, libero da parole non dette. Un silenzio quieto, fragile, mai noioso. Un silenzio attento a un refolo di vento che soffia leggero, a uno sguardo di complicità divertita, a una foglia che cade, a un passero che si posa vicino a noi e becca una mollica di pane, alla luce del giorno che cala, alle ombre degli alberi che si allungano sul prato, alle nuvole che rotolano in cielo. Un silenzio infantile. Ma c'è una sostanziale differenza tra il mio silenzio e il suo. Quello di Elena è un silenzio commosso e partecipe, il mio è attento ma incorruttibile. Il suo silenzio sarebbe identico anche se fosse sola, il mio è così perché sono con lei, da solo mi annoierebbe e diventerebbe la solita attesa vuota. Da solo dormirei.

Qualche volta mi chiedo come sia possibile, quale incantesimo abbia fatto Elena su di me, perché mi faccia quest'effetto stare con lei. Io sono un vecchio antipatico e cattivo, cinico e disincantato, irriverente, scorbutico, anzi diciamolo pure: sono uno stronzo, io sono "Mister vaffanculo"! Eppure, in certi momenti, quando sono con lei divento una specie di imbecille romantico, uno che guarda davvero e con una sorta di pacifica curiosità un passero che becca una mollica di pane, senza che lo sfiori neppure per un secondo l'idea di immaginarselo arrostito in un succulento piatto di cacciagione insieme a quaglie e fagiani, come sarebbe mille volte più logico aspettarsi da me. L'ultimo film che ho visto al cinematografo con Karen è stato *Oltre il giardino.* Ecco, in quei momenti mi pare di essere come il protagonista di quel film! Guardo l'uccellino come lo guarderebbe Chance, credo si chiamasse così, con la stessa espressione beata e un po' vacua, e senza neppure la possibilità remota di andarci, oltre il giardino.

12.

Ora crederete che l'amo

Da quando è qui Elena è stata male due volte, sempre per colpa del cuore. La prima a causa di un'insistente aritmia che l'ha costretta a un breve ricovero per l'inserimento del pacemaker (è stato quando io ho tentato quell'imbarazzante suicidio), e la seconda la scorsa estate. Eravamo seduti in giardino, lei su una sedia io sulla mia carrozzella, era appena passato il tramonto, faceva ancora caldo, eravamo soli. Le infermiere stavano mettendo a letto gli ultimi non autosufficienti, il medico era appena andato via, la direttrice pure, il resto del personale era in cucina a fumare e chiacchierare. Noi stavamo parlando quando improvvisamente Elena è sbiancata, con una mano mi ha stretto il braccio, l'altra se l'è portata al petto, poi ha farfugliato qualcosa e si è come afflosciata sulla sedia. Ha perso conoscenza. Per me sono stati attimi... eterni, di panico puro. Il vero dramma era la mia assoluta impotenza, la mia totale inutilità, il non poter fare niente tranne guardarla, toccarla, chiamarla e gridare pateticamente aiuto aiuto aiuto. Nessuno mi sentiva. Io con la carrozzella non sono capace a muovermi neppure di un centimetro, avendo un braccio solo riesco a spingere una sola ruota e giro su me stesso. E così c'era Elena afflosciata su una sedia che stava morendo e io che giravo come una trottola gridando aiuto aiuto aiuto, tra l'altro con un filo di voce, perché dopo l'ictus, se la alzo, la voce, dopo un po' mi va via. Ora ci scherzo su perché Elena si è ripresa, ma quei momenti sono stati tragici. Siamo restati così per due o tre minuti buoni, poi, forse attirato dal mio frenetico e inusuale girotondo si è avvicinato l'unico di tutta la casa di riposo che non avrei voluto vedere: Passigli, malato di Parkinson. Ora, la condizione di Passigli è questa: ha il Parkinson da dieci anni, lo impasticcano di dopamina a tutta forza ma ormai non gli basta più. In alcune ore della giornata, quando le medicine fanno effetto, è un po' lento ma si muove alla perfezione, si fa la barba, si lava da solo, cammina bene. In altre, si blocca e si mette a tremare e a sudare come un maratoneta al quarantunesimo chilometro. Non ci si può far niente, altra dopamina non gliene possono dare perché andrebbe in overdose e la situazione peggiorerebbe ulteriormente. L'unica cosa che si può fare, sempre che riescano a muoverlo, è aiutarlo a sedersi e aspettare che gli passi il tremore. Ma il vero problema è che anche quando sta bene basta un nonnulla che si blocca e si mette a tremare. Se si agita un minimo, se incontra un ostacolo insignificante sul suo cammino è perduto. Una volta si è bloccato perché, mentre saliva la scale per andare in camera sua, ha visto un bottone per terra proprio sul gradino dove stava posando il piede. È rimasto fermo immobile sul gradino di sotto per dieci minuti, incapace di superare l'ostacolo, finché non lo hanno sollevato e portato a letto di peso. «Fatica inutile» mi ha detto il giorno dopo, «bastava che togliessero il bottone.»

Quel giorno si è avvicinato e mi ha detto, tranquillo: «Qualche problema Perez? Ha bisogno d'aiuto?».

«Non io Passigli, non vede? C'è la signora Mattei che è svenuta, sta male, presto, corra, vada a chiamare qualcuno.»

Appena pronunciato quel "presto, corra" ho capito di aver fatto un errore irrimediabile. Passigli ha guardato Elena che in quel momento iniziava ad avere la schiuma alla bocca, ha spalancato gli occhi, mi ha detto "vado", si è girato e si è bloccato, poi ha iniziato a tremare col tremore tipico dei parkinsoniani. E dunque la scena vista dal salone era questa: Elena di spalle afflosciata su una sedia, io che con la carrozzella giravo su me stesso un po' per controllare Elena e un po' per vedere se passava qualcuno e che pigolavo aiuto, Passigli rivolto verso il salone, sguardo basso, in piedi, piantato sull'erba come una quercia, con le braccia in movimento ondulatorio frenetico. Un quadretto piuttosto inusuale, così inusuale che fortunatamente ha finito per attirare l'attenzione di un'infermiera. Elena è stata portata via in ambulanza, Passigli di peso e io in carrozzella.

Sono stati giorni duri, quelli. Elena aveva avuto uno scompenso cardiaco o qualcosa del genere, il medico ha detto che era in edema polmonare. L'hanno dovuta operare d'urgenza e inserirle due bypass, ma finché non è stata del tutto fuori pericolo ho sofferto come da tempo non mi capitava. Chiedevo ogni giorno di lei, ed era a lei che pensavo ogni minuto. Non ti permettere di morire Elena, pensavo, non lasciarmi solo, ti prego. Pensavo, non pregavo, sia chiaro, le preghiere le ho già consumate tutte da tempo. Ma la gioia che ho provato quando, una settimana dopo, la direttrice mi ha detto che i medici avevano sciolto la prognosi e che tra una ventina di giorni Elena sarebbe tornata a "casa" è indescrivibile.

Il giorno in cui sapevo che sarebbe arrivata sono stato tutto il tempo con gli occhi incollati alle porte dell'ascensore. Ogni volta che si aprivano avevo un sussulto. Quando è uscita lei, finalmente, ho visto che col suo primo sguardo mi stava cercando. È venuta verso di me e chinandosi mi ha abbracciato stretto, e anch'io la stringevo col mio braccio destro. Avevo il cuore che mi batteva all'impazzata e continuavo a ripetere: «Sei tornata... sei tornata... sei tornata».

Avrei voluto chiederle tante cose ma non ero capace di dire altro, e d'altra parte se anche ci fossi riuscito non ne avrei avuto il tempo, visto che me l'hanno subito portata via. Prima Fardi, e poi tutti gli altri, sembrava una processione.

Fardi è suo amico. Incredibile, quella testa di cazzo di Fardi che odia il mondo con lei è un agnellino. Appena Elena si è staccata da me c'era subito dietro Fardi che aspettava di abbracciarla. Come si sono abbracciati! E quante cosa le ha detto: «Signora Mattei bentornata!, come sta?, ero in pensiero, non si riusciva a sapere niente di preciso, quando stava meglio poteva telefonare».

"Poteva telefonare? A te? Semmai avrebbe potuto telefonare a me, non a te!, e chi cazzo sei tu perché ti telefoni?" pensavo mentre lui le diceva quelle cose.

Lo guardavo torvo pensando: "Vedrai stanotte, vedrai come dormi stanotte, altro che i lamenti di Bernabei, ti faccio impazzire, non ti faccio chiudere occhio, bastardo. E speriamo che mi scappi da cagare perché la faccio nel pannolone e non chiamo per farmi pulire, così vedrai come dormi... ti asfissio". Invece sono stato sempre zitto, paziente, tranquillo, ma solo per rispetto verso Elena, altrimenti, quelle cose non mi sarei limitato a pensarle, ma gliele avrei dette, come faccio sempre, del resto. E non mancherà occasione, ne sono certo.

Per due ore buone non sono più riuscito a parlare con Elena, tutti venivano a salutarla, neppure avesse il miele addosso. Le infermiere, la direttrice, il medico, perfino quell'ausiliaria che mi ha dato dello scemo. Anzi è stata una delle più amorevoli, delle più gentili, delle più preoccupate. Le accarezzava i capelli, le sorrideva, la guardava tutta tenera.

E anche a tavola, a cena, era tutto un viavai di vecchi che venivano a informarsi sulla sua salute. Che pensassero alla loro di salute, che hanno un piede nella fossa!

Poi finalmente è venuta la sera, e siamo andati in giardino, io e lei, come un mese prima, abbiamo ripreso da dove ci eravamo lasciati.

«Perché non parli? Sei arrabbiato?» mi ha chiesto Elena inclinando un po' la testa e facendo una mezza smorfia che aveva tutta l'aria di essere ironica.

«Chi, io? No. Perché dovrei essere arrabbiato?»

«No è che mi pareva.»

«Ti pareva male.» Sono stato un po' zitto e poi sono sbottato:

«E invece no, ti pareva bene, sono arrabbiato, sì, sono arrabbiato».

«Con me?» mi ha chiesto angelica.

«No, con me... sì con te! Con chi vuoi che sia arrabbiato?»

«E cosa ti ho fatto, sentiamo?»

«Niente, non mi hai fatto niente, però sei tornata dall'ospedale alle cinque, sono quasi le otto ed è la prima volta che siamo soli, io e te.»

«E va be', ma sono dovuta andare in camera a cambiarmi, a lavarmi un po', lo sai com'è in ospedale no?» O non capiva o faceva finta di non capire, io propendo per la seconda opzione, perché aveva sempre stampato sul viso un mezzo sorriso ironico.

«Non è per quello, e che c'è stata la processione e che tu ti perdevi in chiacchiere nemmeno fossero stati chissà chi.»

«Ma non mi pare, rispondevo, cercavo di essere gentile.»

«Anche con Fardi?»

«Perché cosa ho fatto con Fardi?»

«Cosa hai fatto con Fardi?, cosa hai fatto con Fardi?, e se non lo sai tu!» le ho ripetuto alzando un po' la voce che puntualmente mi è andata via.

«Non gridare che ti va via la voce. Non ho fatto niente con Fardi l'ho salutato, tutto qui.»

«Sì, l'hai salutato, chiamalo saluto, vi siete abbracciati che sembravate due emigranti davanti al piroscafo in partenza per l'America, e poi vi siete baciati e lui ti chiedeva, voleva sapere... cos'è che vuoi sapere, fatti i ca...»

«Gelosone, eh?» mi ha interrotto Elena apparentemente lusingata.

«Ma proprio per niente, che "gelosone"!, io non sono gelosone, mi dà fastidio soltanto perché Fardi è uno stronzo.»

«Con me no, è così carino, invece» e ha sorriso aggiustandosi un po' i capelli con un gesto vezzoso.

Ultimamente li vedo che parlano fitto, lei e Fardi, ed Elena non mi ha mai voluto dire di cosa, dice che Fardi ha dei problemi molto seri, per questo che è così nervoso, e che lei lo sta aiutando se non altro a sfogarsi e che Fardi le ha fatto giurare di non parlarne con nessuno e un giuramento è un giuramento. Io non so quali siano i problemi di quella testa di cazzo di Fardi ma so... so... so che porca miseria sono geloso! Sì, sono maledettamente geloso!

Ora crederete che l'amo. Non l'amo, ho bisogno di lei, ma non l'amo.

Ci ho pensato, sapete, avessi trent'anni di meno sono certo che l'amerei, ma oggi non posso più amare nessuno. Sono troppo distante da me e dalla vita per amare veramente. Ho detto che se mi guardo indietro la mia vita mi sembra la vita di un altro. Va bene, d'accordo, quell'altro sapeva amare, io no. E poi l'amore è un fenomeno organico, un fatto elettrochimico, o tutt'al più una risposta emotiva ad una necessità biologica. Le basi biologiche dell'amore definiscono e alimentano il sentimento stesso, il mio cervello a metà non mi permette di amare.

L'amore universale, l'amore come forza motrice del mondo, sono solo assurdità. Se domani ci svegliassimo col cervello del mio compagno di stanza malato di Alzheimer, nessuno amerebbe nessuno. Tutto l'amore del mondo annullato per sempre da uno spasmo sinaptico.

Gli amori finiscono, perché perfino se durano, si dissolvono poi nel nulla eterno della morte. Il buco nero dentro il quale verranno inghiottiti anche tutti i pensieri degli uomini. Dove sono finiti tutti i pensieri di Einstein e di Proust e di Schopenhauer, eh? Dove sono finiti? Nelle pagine scritte, ma le pagine scritte non li possono contenere per davvero, e dove finiranno poi, quando le pagine scritte non ci saranno più? Scompariranno come chi li ha pensati. E allora, che senso ha avuto pensarli se anche noi scompariremo con loro?

Anche del mio corpo presto non rimarrà più traccia, ma almeno il mio corpo, diventando polvere libererà gli atomi che lo compongono dalle catene imposte da questa cadente materia organica e li lascerà tornare a essere pioggia, aria, vento, e perfino corpi nuovi – ma allora saranno bambini e la mia vita sarà davvero la vita di un altro. E quando neppure il mondo ci sarà più loro ci saranno ancora, e saranno liberi di sperdersi per l'intero Universo, o di aggregarsi di nuovo. E dureranno per sempre se per sempre durerà l'Universo. Ma gli amori finiscono, finiscono comunque, come i pensieri. Gli atomi non hanno memoria. E se ce l'hanno, come qualcuno sostiene, di sicuro non si ricordano di aver amato.

Come me, del resto, che non ricordo l'emozione di aver amato e che non potrei più amare, neppure Elena.

13.

Che cosa ti aspetti da me

Verso la fine dell'estate Elena si è completamente ristabilita tanto che ha voluto partecipare alla gita che ogni anno, con inquietante puntualità, viene organizzata dai responsabili della casa di riposo. Da quando sono qui c'è questo delirio della gita dalla quale per mia fortuna sono esentato perché è riservata agli autosufficienti.

Grazie alla paralisi mi sono risparmiato nell'ordine: pellegrinaggio al Divino Amore con Santa Messa e offerte votive, gita al lago di Bracciano con caduta nel lago della signora Pozzi per cause ancora poco chiare ma che secondo me hanno a che vedere con la signora Orlandi, circumnavigazione in vaporetto delle Isole Pontine con pranzo a bordo e vomitata generale al ritorno.

Questa volta, però, in occasione dell'acquisto di un pulmino di ultima generazione dove non solo non ci sono barriere architettoniche ma sei quasi avvantaggiato se cerchi di entrarci con una carrozzella piuttosto che con le tue gambe. La direzione aveva deciso che avrebbero potuto iscriversi anche i non autosufficienti nel numero massimo di sei, quanti ne poteva trasportare il pulmino, accompagnatori esclusi. Va da sé che i non autosufficienti in questione dovevano rispondere a determinate caratteristiche: non essere dementi, non essere allettati, non essere troppo cagionevoli di salute. Io ero il candidato ideale.

Come si può ben immaginare, quando sono venuti a chiedermi se volevo partecipare alla gita gli ho risposto di no, anche piuttosto bruscamente, ma poi a malincuore qualcosa mi ha fatto cambiare idea. Innanzitutto la garbata ma ferma insistenza di Elena, poi il fatto che si andava al mare e più precisamente ad Anzio, luogo nel quale ho passato gran parte delle mie vacanze estive quando ero bambino e infine la presenza certa di Fardi, e l'idea di saperlo tutto il giorno a fare il galletto con Elena senza neppure il mio sguardo torvo addosso, mi era insopportabile. Così ho accettato, e dieci giorni dopo, in una splendida mattinata di fine settembre, mi sono ritrovato catapultato nell'astronave insieme ad altri cinque non autosufficienti – tra cui l'insuperabile Mancuso che era riuscita ad accaparrarsi la posizione più ambita vicino al guidatore – e tre accompagnatori, che poi erano un'infermiera, l'energumeno Rossetti e il fisioterapista che si era portato la chitarra e tanto per cambiare ci tormentava con le canzoni del suo stramaledetto De Gregori. Davanti al nostro pulmino viaggiava quello degli autosufficienti.

In tutto l'allegra brigata era composta da sei non autosufficienti, cinque donne e io, dieci autosufficienti, otto donne e due uomini che poi erano Schiavone e Fardi, il quale, bastardo, si era subito seduto vicino a Elena, quattro accompagnatori, tre da noi e uno da loro, e due autisti.

Anzio non l'ho vista neppure da lontano, perché i bagni dove avevano concordato il pacchetto tutto compreso erano quasi a Nettuno, il mare invece l'ho visto da lontano, perché tutte le barriere architettoniche del mondo erano concentrate in quello stabilimento.

Naturalmente il fatto di non poter accedere alla spiaggia a causa di una scala di legno ripida e stretta per me è stato un sollievo. D'altra parte il bagno non l'avrei potuto fare e neppure mi sarei messo in costume, tutt'al più mi sarei messo "in pannolone", ma non mi pareva proprio il caso.

Mi hanno piazzato insieme alla Mancuso e alle altre non autosufficienti in carrozzella sulla veranda del ristorante-bar dello stabilimento balneare, un'ampia terrazza che dominava la spiaggia. Verso sinistra, lontano, si poteva vedere Nettuno, verso destra l'oasi naturale di Tor Caldara, davanti Fardi in costume ascellare che gonfiava il petto. Agitava le mani, gridava: «Oh! Oh! Guardi, signora Mattei» e si tuffava. Ridicolo. Pareva Alberto Sordi quando chiama la signorina Margherita.

Elena è stata quasi sempre con me, è scesa in spiaggia solo per fare il bagno. Il mare quel giorno era calmo e pulito, irresistibile, direi. In spiaggia non c'era quasi nessuno. Si è levata l'accappatoio davanti alla riva ed è entrata in acqua a piccoli passi bagnandosi solo un po' i polsi e l'addome. Ha nuotato lentamente per cinque minuti spingendosi un po' al largo e facendomi preoccupare. Poi è tornata indietro, è uscita dall'acqua, si è tolta la cuffia, ha indossato subito l'accappatoio, ha alzato la testa e mi ha salutato.

All'una ci siamo tutti accomodati al ristorante, era un mercoledì e per fortuna eravamo gli unici avventori. Grande tavolata con spazio regolamentare per le carrozzelle. Elena seduta alla mia sinistra, Schiavone alla mia destra, Fardi di fronte a Elena. La signora Mancuso a capotavola.

Pasta alle vongole e fritto misto di pesce, oppure per chi aveva problemi di stomaco, cioè quasi tutti, pasta al pomodoro e sogliola ai ferri, il tutto per il prezzo già concordato di quindici euro compreso mezzo litro d'acqua minerale e un quarto di vino. Che tristezza.

Fardi, per fare l'intenditore, prima ha detto che il vino non era un granché, e poi ha chiesto al cameriere se il pesce era fresco.

Io non sono un gran frequentatore di ristoranti, l'ultima volta ci sono andato con Federico Spini, due anni prima che mi venisse l'ictus, quindi più o meno otto anni fa (e tra l'altro siamo andati a mangiare la coda alla vaccinara e poi ci siamo sentiti male tutt'e due), però chiedere ai camerieri se il pesce è fresco, a meno che ultimamente le cose non siano cambiate, è come chiedere a uno su un ponte con una pietra al collo se la vita è bella. In entrambi i casi domanda inutile e risposta scontata. Di solito quelli che chiedono ai camerieri se il pesce è fresco fanno uno sguardo ammiccante da vecchio amico di famiglia che sottintende: «A me lo puoi dire», oppure dicono: «Sa, è per il bambino» anche se non è vero, oppure: «Sa, mia moglie è incinta» anche se non è vero. Quelli senza bambini e con le mogli vecchie si limitano a fare la faccia ammiccante. Sono sicuro che i camerieri se fossero ricchi pagherebbero di tasca loro per rispondere: «No è marcio, non lo darei nemmeno al mio gatto, ma ci abbiamo messo tante di quelle spezie che lei non se ne accorge nemmeno, tranquillo». E invece annuiscono e ti rispondono immancabilmente: «Freschissimo».

Anche Fardi, nel chiedere se il pesce era fresco, col suo faccione ammiccante, ha aggiunto: «Sa, siamo anziani», e quello: «Freschissimo». Che tristezza.

Io ho mangiato solo un po' di pasta al pomodoro e sono lo stesso riuscito a sporcarmi di sugo, quindi non so se il pesce era fresco oppure no, però posso riportare la colorita espressione dialettale di Schiavone che dopo essersi spazzolato tutto mi ha detto: «Aggio mangiato perché tenevo fame ma chisto ristorante è 'na chiavica».

Dopo pranzo qualcuno si è appisolato sulla sedia, qualcun altro ha giocato a carte esattamente come succede alla casa di riposo, qualcun altro (Fardi) si è chiuso nel cesso e ne è uscito dopo due ore. Elena ed io abbiamo mangiato un gelato in terrazza immaginandoci quella stessa spiaggia nel gennaio del '44, durante lo sbarco delle truppe angloamericane. Io in quegli anni ero già a Cambridge, ma lei era qui, se lo ricordava bene lo sbarco di Anzio, il bombardamento a tappeto che lo aveva preceduto, le artiglierie navali, la controffensiva tedesca che a poco a poco si faceva sempre più efficace, e poi Cassino, lo sfondamento della linea Gustav, l'entrata a Roma degli Alleati. Siamo stati bene, ancora una volta i miei ricordi belli di quel giorno sono legati a lei, all'immagine di Elena che entra in acqua e nuota e poi esce e mi saluta e a quel gelato mangiato sulla terrazza guardando il mare e parlando della guerra, della nostra guerra.

Siamo stati bene e in fondo sono contento di esserci andato, anche se Anzio non l'ho vista e il pesce era marcio e il resto della compagnia pure, ma sono contento perché altrimenti non avrei fatto a Elena una certa domanda e lei non mi avrebbe dato una certa risposta.

A un certo punto ci siamo ritrovati in silenzio e non so, forse sarà stato perché eravamo in un posto diverso dal nostro giardino, forse sarà stato perché in quel momento sembravamo una coppia normale, due anziani che si vogliono bene sposati da chissà quanto tempo che guardano il mare in una splendida giornata di fine settembre dalla terrazza di uno stabilimento balneare di Nettuno, ma a poco a poco quel silenzio si è caricato di insolite vibrazioni. Ogni tanto incrociavamo gli sguardi, accennavamo un sorriso, Elena si aggiustava i capelli mossi dal vento, tutto pareva normale eppure si era creata tra di noi una sensazione di attesa, difficile da spiegare. Sentivo di dover fare qualcosa, o dirle qualcosa, si era creato un improvviso vuoto di comunicazione tra di noi, il silenzio così dolce fino a un attimo prima era diventato meno sereno. Ho pensato che forse il nostro rapporto, per quanto suoni così strano dirlo, dovesse cambiare. Sentivo che forse lei si aspettava qualcosa da me e allora gliel'ho chiesto, le ho chiesto chiaramente, bruscamente forse:

«Elena, che cosa ti aspetti da me?». Non lo avrei chiesto a nessun altro, ma con lei era diverso. Con lei, in quel momento, avvertivo il peso di un'aspettativa, forse di un desiderio, e non me la sentivo di far finta di niente.

Lei si è voltata, mi ha guardato negli occhi, e con un lieve sorriso mi ha risposto. E sapete cosa mi ha detto?

«Mi aspetto che tu non mi chieda che cosa mi aspetto da te.»

Io ho balbettato qualcosa, ma non ricordo cosa, lei mi ha preso la mano, mi ha sorriso ancora e mi ha detto: «Va bene così Tommaso, tranquillo, va bene così».

Ho sempre mal sopportato il peso delle aspettative che gli altri avevano su di me, anzi che hanno, perché neppure adesso mi lasciano in pace. Un tempo volevano da me la brillante scoperta, ora mi chiedono qualcosa di ancora più difficile. Adesso a me è richiesto camminare – o almeno provare a farlo – impegnarmi nella fisioterapia, sorridere, socializzare, essere meno scorbutico. Tutti qui dentro, tranne Elena, si aspettano questo da me. Naturalmente io non cammino, non mi impegno nella fisioterapia, non sorrido, non socializzo e sono decisamente scorbutico, ma questo solo perché ho conquistato il privilegio di fregarmene di tutto quello che la gente pretende da me, e di dirlo chiaro, che me ne frego. Ma una volta non era così, anche io ero legato alle catene delle aspettative, e non solo a quelle della scienza.

Tornando a casa, la sera, guardavo fuori dal finestrino e riflettevo su quella risposta, e le ero così grato... così grato, molto più grato che se mi avesse detto semplicemente: «Niente». Quel giorno, per la prima volta, ho pensato quel che penso ancora oggi: io mi aspetto soltanto una cosa da lei, che muoia dopo di me.

14.

Nonnino

Il giorno prima di Natale è venuta una troupe televisiva a fare delle riprese. Non so che televisione fosse, certo una locale, ma l'intervistatrice era così impostata e sorridente e triste e professionale e stronza che poteva benissimo aspirare a lavorare in qualche rete nazionale. Faceva finta di interessarsi alle sorti di noi poveri anziani ma non gliene poteva importare di meno. Probabilmente era una pubblicità mascherata, perché da come descriveva la vita qui dentro veniva voglia di venirci ad abitare. La casa di riposo era stata tirata a lucido, risplendeva. C'erano festoni e alberi di Natale e piante e stelle di Natale come se piovesse. Noi eravamo tutti vestiti bene e puliti. Alcuni vecchi erano stati piazzati in posizioni strategiche davanti ad angoli suggestivi della casa di riposo e facevano cose tipo leggere il giornale, giocare a carte, ridere e scherzare, discutere pacatamente tra di loro. Tutto per finta. Dopo una attenta panoramica con qualche zoomata sulle scene più bucoliche, la giornalista è passata alle interviste, attentamente selezionate e concordate con la direttrice. Ma dato che il diavolo fa le pentole ma non i coperchi ci sono stati momenti di serio imbarazzo. Due in particolare: quando hanno intervistato Passigli e quando hanno intervistato me.

Passigli, che fino ad un momento prima era brillante e ciarliero, appena la telecamera si è posata su di lui e l'intervistatrice gli ha chiesto da quanto tempo si trovava qui, si è bloccato e poi ha iniziato a tremare. Con me invece l'intervista è durata poco ed è finita male.

Io non ero nell'elenco dei papabili ma ad un certo momento la giornalista si è avvicinata al cameraman e gli ha sussurrato: «Ci vorrebbe anche un paralitico». In effetti non ero proprio sicuro che gli avesse detto così, mi era sembrato di capirlo più che altro interpretando il labiale, ma dato che appena la tizia ha pronunciato quelle parole il cameraman si è guardato un po' intorno e poi le ha indicato me, credo che la frase fosse stata proprio quella. Io me ne stavo in disparte, osservavo le riprese e commentavo sarcasticamente e a bassa voce con Elena le varie interviste.

La giornalista mi ha guardato. Io ho distolto subito lo sguardo ma c'è stata una frazione di secondo in cui ho realizzato che ero fottuto, che sarebbe venuta a intervistare proprio me. Con un sorriso largo come una fetta d'anguria, prima si è rivolta alla telecamera dicendo qualcosa che non ho capito perché nel frattempo, in un ultimo drammatico tentativo di salvarmi, mi ero girato verso Elena chiedendole di portarmi subito via, poi, neppure il tempo di voltarmi di nuovo, me la sono ritrovata davanti con il microfono a tre centimetri dalla faccia.

È proprio vero che quando hai un microfono e una telecamera puntati addosso ti senti a disagio, e anch'io, che avrei voluto mandarla immediatamente affanculo senza neppure darle il tempo di farmi una domanda, non solo non l'ho fatto, ma le ho quasi sorriso.

«Allora nonnino, cosa hai ricevuto di bello per Natale, lo sai già o apri i regali domani?»

Forse se non mi avesse chiamato "nonnino", magari chissà, avrei potuto anche risponderle garbatamente, inventarmi di aver ricevuto qualche regalo e farla contenta, ma quel nonnino ha avuto su di me uno strano effetto.

Ho continuato a sorridere con un'espressione ebete stampata in volto, indeciso se mandarla banalmente affanculo oppure inventarmi qualcosa di più creativo, ma quando la giornalista si è fatta di nuovo sotto incalzandomi: «Allora nonnino, hai capito la domanda, vuoi che te la ripeta?» ho avuto un lampo di genio e ho risposto:

«No, è che mi sono cagato addosso».

La giornalista si è subito girata verso il cameraman e ha ringhiato: «Spegni, va».

Alla fine di gennaio la casa di riposo è stata di nuovo indiretta protagonista di una trasmissione televisiva, questa volta su rete nazionale. Cinque giorni prima era di nuovo scappata la signora Fritz, così i parenti, dopo averla cercata invano e avvisato la polizia e telefonato a tutti gli ospedali dalla capitale, si sono rivolti a una trasmissione che mi pare si chiamasse *Chi l'ha visto?* Elena, Schiavone e io siamo restati a vedere il programma, gli altri non erano interessati, tra la scomparsa di una loro compagna e l'andare a letto il più presto possibile, hanno tutti preferito il letto. D'altra parte il collegamento è iniziato a notte fonda, intorno alle dieci. La conduttrice prima ha mostrato una foto in bianco e nero della signora Fritz quarantenne e poi ha invitato i telespettatori a telefonare nel caso qualcuno l'avesse incontrata da qualche parte. Si sono collegati in diretta anche con i parenti della signora Fritz, una sorella e il cognato, che hanno fatto un accorato appello e alla sorella sono venuti anche gli occhi umidi, ha pianto, s'è asciugata con un fazzoletto. E pensare che qui non si vede mai. Sono arrivate parecchie telefonate: c'era chi l'aveva vista a Pordenone, chi a Latina, chi "proprio ieri" che vagava dalle parti di Porta Portese. Uno addirittura ha detto che vedendo questa signora anziana gironzolare spaesata e senza meta le aveva domandato se avesse bisogno di aiuto, ma quella non aveva risposto ed era andata via, quasi scappando. Non era lei, sono certo che non poteva essere lei perché se fosse stata davvero la signora Fritz sicuramente avrebbe chiesto a quel tizio se per caso avesse visto sua figlia! Chissà perché nessuno ha detto alla conduttrice che per trovare la signora Fritz non servivano le fotografie, né altro, bastava fare caso a una vecchia che andava chiedendo a tutti se per caso avessero visto la figlia. Non l'hanno trovata, cioè l'hanno trovata una settimana dopo che galleggiava nel Tevere. Il cadavere era in avanzato stato di decomposizione, probabilmente c'era caduta lo stesso giorno in cui è scappata via da qui. Io spero soltanto una cosa, che non ci sia caduta, che ci si sia buttata, che abbia avuto un ultimo estremo, definitivo sprazzo di lucidità e che ci si sia buttata, nel Tevere.

Qui ogni volta che muore qualcuno sono tutti piuttosto nervosi. Per due o tre giorni parlano poco e non pensano ad altro. Sono tristi. Mica per quello che è morto, no, sono tristi perché aleggia nell'aria la morte e hanno paura che la prossima volta venga a prendere loro.

Finito l'inverno è iniziata la primavera senza che sia successo niente che valga la pena di essere raccontato. Oddio, una vecchia ha compiuto cent'anni e c'è stata la festa e la musica e la vecchia ha pure accennato qualche passo di danza sorretta dal figlio ottantenne che le faceva da cavaliere e dalla figlia settantenne che sorreggeva entrambi. E poi c'è stata la torta con cento candeline e la direzione ha chiamato anche un fotografo del "Messaggero" per immortalare l'evento e tutti gli anziani (tranne io) hanno fatto a gara per aiutare la centenaria a spegnere le candeline, visto che da quella bocca per quanti sforzi facesse oltre a un refolo di alito pestilenziale non usciva altro. Ma non credo che sia una cosa che valga la pena di essere raccontata, anche perché allora bisognerebbe raccontare che due giorni dopo la vecchia centenaria, forse a causa dell'emozione o dello sforzo profuso nel ballo, è morta. In quell'occasione il fotografo del "Messaggero" non s'è visto, e i figli, che forse avevano speso troppo per la festa, non hanno pagato il funerale che è stato fatto a spese del Comune.

Invece quello che varrebbe la pena raccontare ancora e ancora e ancora è il mio rapporto con Elena perché si è fatto ancora più complice, ancora più intenso, e io ho avuto ancora più bisogno di lei per resistere in questo posto.

Quando ho descritto la mia giornata tipo ho taciuto la cosa più importante, più bella, l'unica cosa che varrebbe la pena raccontare in un tema di classe, l'unica cosa del mio tema che quella maestra avrebbe potuto leggere ad alta voce, ed è che nella mia giornata tipo c'è lei, c'è Elena.

È Elena che rende le mie giornate tipo particolari, quando non lo sono e quando grazie a lei lo diventano.

15.

Chiudi per un attimo gli occhi

La mattina era iniziata come tutte le altre, tranne che per uno strano discorso di Elena che mi aveva lasciato piuttosto perplesso. Mentre ci accingevamo a fare colazione e io mi accingevo a sbrodolarmi, mi ha detto:

«Tu lo sai che giorno è oggi?».

«No. Martedì? Mercoledì? Non lo so. È già tanto se so il mese» ho risposto distrattamente.

«No, io intendo dire un'altra cosa.»

«È cioè?»

«Oggi è il tuo compleanno, Tommaso, auguri!»

«Il mio compleanno?» ho chiesto, sorpreso.

«Sì, oggi è il 22 aprile, il tuo compleanno, sono ottantadue.»

«Ah, ottantadue sì, è vero. Mi raccomando però, non dirlo agli altri» l'ho supplicata.

«Perché non vuoi che si sappia la tua età?» mi ha chiesto sorridendo.

«No, voglio evitare altri auguri, se possibile, mi bastano i tuoi, e poi non vorrei che a qualcuno venisse l'idea di fare una festa.»

«Perché, cosa ci sarebbe di male?»

«Elena, ti prego non scherzare, non farmi sorprese di questo genere, non te lo perdonerei.»

«No, stai tranquillo. Ti conosco, lo so benissimo come sei, però ti ho fatto un regalo.»

«Non dovevi, non mi serve niente.»

«E invece secondo me il mio regalo ti piacerà.»

«Se lo dici tu...» l'ho guardata come se mi aspettassi che me lo desse, ma lei si è limitata a sorridere, così ho aggiunto, ma con un tono dolce, «allora, dov'è? Me lo vuoi dare?»

«Non te lo do, ti ci porto.»

«Mi ci porti?» le ho chiesto sempre più sconcertato.

«Sì, ti ci porto.»

«Dove?»

«Non ti preoccupare dove.»

«Ma quando, adesso?»

«No, stasera alle nove.»

«Stasera alle nove? Tu sei matta. Io alle nove dormo» le ho detto serio.

«E stasera non dormirai, mi sono già messa d'accordo con l'infermiera, dopo cena verrà a prepararti, dobbiamo uscire.»

«Uscire, ma stai scherzando? Uscire alle nove di sera?» non potevo crederci, erano dieci anni che non uscivo dopo le nove di sera, neppure quando ero sano, e non avevo nessuna intenzione di farlo ora, da emiplegico in carrozzella.

«Certo, andiamo col pulmino della casa di riposo, ci accompagna Lina, ma siamo solo noi due, tranquillo. Ho già organizzato tutto, ho parlato anche con la direttrice, è tutto a posto.»

«Chi ci accompagna? Io quella stronza di Pina...»

«Lina!»

«Ecco sì, Lina, io quella stronza di Tina non la voglio vedere.»

«Guarda che lei non è come pensi.»

«Oh, come no! Lo sai che mi ha detto che sono scemo solo perché le avevo chiesto se mi portava in bagno.»

«Lo so, lo so. Me lo hai già detto cento volte, hai ragione, è stata sgarbata ma poi le è dispiaciuto, e avrebbe voluto chiederti scusa ma ogni volta che ti passa vicino tu le grugnisci dietro. Lei non è come pensi, fidati, e qui dentro è la persona con cui sono più in confidenza, quel giorno era un po' nervosa ma sapessi che problemi ha.»

«Non lo voglio sapere e in ogni caso con o senza Pina di uscire in piena notte non se ne parla, Elena, ti prego» l'ho supplicata.

«Ti prego io, invece» mi ha detto allora lei, con una voce ferma e quel suo sguardo dolce. Insomma, ho insistito ancora un po' ma sempre più debolmente e alla fine ho ceduto. D'altra parte lei era irremovibile.

Da quel momento, e per il resto della giornata, ho avuto la sensazione che tutti tranne me fossero al corrente della sorpresa che mi doveva fare Elena quella sera. Io naturalmente non chiedevo nulla a nessuno ma confesso che un pizzico di curiosità l'avevo. Anzi, più che curiosità, timore. "Dove mi può portare alle nove di sera?" pensavo, non certo a un ristorante, e ancora meno all'opera o a teatro. O forse sì, ero terrorizzato dall'idea che mi volesse portare davvero all'opera; mi piace, d'accordo, e lei era a conoscenza di questa mia passione, però ne avrei fatto volentieri a meno per troppi motivi. Così ho tentato di corrompere il fisioterapista.

Alle dieci si è presentato e mi ha detto, come al solito: «Ueilà, buongiorno! Come va? Siamo incazzati anche oggi? O c'è la remota speranza che non mi mandi affanculo?». Io l'ho guardato torvo, ancora più torvo del solito.

«Allora, facciamo un po' di fisioterapia?»

«No» gli ho risposto come al solito.

E lui, di rimando: «Come no? Neppure oggi? Cacchio Perez!, oggi un po' di fisioterapia la deve fare altrimenti stasera chi la schioda... bisogna che la sciolga un po'».

Quella risposta mi ha sconvolto, anche il fisioterapista era al corrente dell'agguato di Elena.

«Ehi ehi ehi giovane, cos'è questo discorso? Perché stasera dovrei... come hai detto? Schiodarmi? Perché? Dove dovrei andare stasera? Cosa ne sai tu?, ora mi dici tutto.»

«Ah, no, eh? Io non so niente, mollatemi tutti quanti... io non so niente, la direttrice mi ha detto che stasera deve andare da qualche parte ma non so dove.»

«Senti, facciamo così, ti do dieci euro però tu mi dici tutto quello che sai.»

«Che cosa? No, mi dispiace, io non so niente, gliel'ho detto, so solo che la fanno uscire per andare da qualche parte. Stop» mi ha risposto mentendo.

«Venti.»

«No.»

«Trenta.»

«Le ho detto che non so niente» mi ha detto ancora con la voce un po' più incerta.

«Cinquanta euro, dai, ti do cinquanta euro, ma tu dimmi dove mi vuol portare stasera la signora Mattei.»

«Ma io non lo so... mi dispiace.»

«Sì che lo sai, lo sapete tutti qua dentro tranne me. Facciamo così, ti do cinquanta euro e faccio anche la fisioterapia, faccio tutta la fisioterapia che vuoi, alzo il braccio, la gamba, mi faccio mettere in piedi con gli ascellari, tutto quello che vuoi.»

«Senta... mi dispiace...»

«Ascolta, apri il mio cassetto, vedrai che in fondo, nascosti in mezzo a un pacchetto di fazzolettini ci dovrebbero essere cinquanta euro, guarda.»

«Guardo, ma non se ne fa niente» mi ha detto ancora con la voce sempre più titubante. Era evidentemente allettato dai cinquanta euro, stava per cedere, anzi, sono certo, avrebbe ceduto.

Ha aperto il cassetto del comodino, ha frugato un po' tra le mie poche cose, ha preso il pacchetto dei fazzolettini, ha cercato i soldi ma non li ha trovati.

«Non ci sono, qui non c'è niente!» mi ha detto forse anche un po' sollevato.

«Come non ci sono?, è impossibile guarda meglio.»

Allora ha tirato fuori ad uno ad uno i fazzolettini dal pacchetto ma i soldi effettivamente non c'erano. Me li avevano rubati! Capita, qui c'è qualche cane da tartufo che ti ruberebbe anche le mutande di dosso se valessero qualcosa. Senza soldi riuscire nell'impresa di corrompere il fisioterapista o chicchessia era impossibile.

Così ho lasciato perdere.

Più tardi ho provato a chiederlo a Schiavone, promettendogli rivelazioni osé su un'infermiera, ma lui davvero non ne sapeva niente. In tarda mattinata ho avuto un flash, mi sono convinto che Elena mi avesse organizzato una festa a sorpresa. Sono state ore di pura sofferenza. Solo una volta in vita mia ero stato vittima di una festa a sorpresa, il giorno che ho compiuto trent'anni, l'aveva organizzata Karen. Ricordo che sono entrato in casa pensando di andare a cena fuori con lei e un'altra coppia di amici quando l'incubo della festa a sorpresa si è materializzato davanti ai miei occhi appena ho acceso la luce. È stata un'esperienza drammatica. Oltretutto Karen, non conoscendo bene i rapporti che avevo con i colleghi, per non escludere nessuno li aveva invitati tutti, praticamente tutto il St John, con mogli annesse. È sempre stata dura per me partecipare a qualche festa, compresi matrimoni e affini, ma almeno con una lunga e accurata preparazione psicologica riuscivo a resistere il tempo minimo necessario per salutare tutti e andar via. Ma la sera dei miei trent'anni, in casa mia, e quindi impossibilitato a fuggire, senza nessun training autogeno che mi preparasse al drammatico evento, al centro pieno dell'attenzione, catapultato in mezzo a pochi amici, molti conoscenti e qualche estraneo, credo di aver rischiato la vita, e l'ha rischiata anche Karen, quando la festa è finita.

Così a pranzo non mi sono potuto trattenere e gliel'ho chiesto. «Senti, Elena» le ho detto, «solo una cosa, ti scongiuro, che la sorpresa non sia una festa a sorpresa, *ti prego*, tutto tranne che una festa a sorpresa.»

«Nessuna festa a sorpresa, tranquillo» mi ha risposto continuando a mangiare senza tradire alcun segno di emozione.

«Promesso, me lo giuri? Che poi tra l'altro ormai non sarebbe neppure più una festa a sorpresa, visto che la sorpresa consisterebbe nel fatto che io non sospettassi nessuna festa a sorpresa ma dal momento in cui sosp...» ero visibilmente agitato.

«Piantala, te lo giuro, tranquillizzati... e mangia che si fredda.»

«Va bene, io mangio, ma nessuna festa a sorpresa, siamo intesi?»

Lei ha alzato gli occhi al cielo e non mi ha neppure risposto.

Nel pomeriggio e a cena ho fatto ancora qualche blando tentativo con Elena ma senza alcun risultato apprezzabile se non qualche vago e indisponente sorriso.

Mi sono rassegnato – cosa che mi riesce piuttosto bene – e ho atteso come un condannato a morte che venisse l'ora x, con una differenza: il condannato dicono sia un morto che cammina, io invece sono un morto in carrozzella.

Verso le otto si sono presentate in salone, dove mi ero quasi assopito davanti a un programma di quiz, l'ausiliaria Tina, Lina, Pina?, con una infermiera. Mi hanno portato in camera, mi hanno lavato, pettinato, cambiato, profumato, rimesso a nuovo per come si possa rimettere a nuovo un vecchio come me, e alle nove sono salito con Elena, questa Tina, Lina, o Pina, e la mia carrozzella, naturalmente, sul pulmino della casa di riposo, quello supertecnologico.

Abbiamo percorso le vie di Roma sempre dense di macchine e di frastuono. Abbiamo attraversato il Tevere e poi iniziato a salire lungo una strada ampia e tortuosa e il traffico a poco a poco è calato fino a quasi scomparire del tutto.

Ad un certo punto il pulmino ha rallentato e ha svoltato a destra passando sotto un arco. Solo allora Elena mi ha chiesto se avevo riconosciuto il posto:

«Allora, hai capito dove siamo?».

«Non lo so, Elena. Mi pare, sicuramente ci devo essere stato ma non riesco a ricordare» le ho risposto guardandomi attorno.

La strada si era fatta stretta e ripida e il pulmino arrancava in mezzo agli alberi di quella che doveva essere la cima di una collina.

«Ci sei stato, e molte volte anche, per un certo periodo quasi tutti i giorni, credo» mi ha detto lei sorridendo.

«Tutti i giorni? ma quando… perché?» le ho chiesto quasi incuriosito.

«Altri cinque minuti e vedrai che capirai.»

Il pulmino ha percorso ancora qualche centinaio di metri mentre in me si faceva sempre più forte la sensazione di familiarità con quel posto senza però riuscire a ricordare, mi pareva di vivere un déjà vu.

«Allora?» mi ha chiesto ancora Elena.

Io ho fatto cenno di no con la testa, ma un no poco convinto, accompagnato da una smorfia e da un'alzata di spalle come dire mi sembra, ma no, mi dispiace.

«Non importa» ha detto lei, «ora però chiudi un attimo gli occhi». È stato un attimo piuttosto lungo, mi pare, ho avvertito che il pulmino ha svoltato ancora, ha rallentato, si è fermato. Ho sentito l'autista dire qualcosa a qualcuno e poi ripartire per fermarsi di nuovo dopo qualche decina di metri. Solo allora Elena mi ha chiesto di riaprirli, gli occhi, e appena li ho riaperti ho avuto un tuffo al cuore, la mia memoria ha avuto un sussulto e la malattia, che era riuscita a trasformare in un semplice déjà vu una strada che avevo percorso quasi tutti i giorni negli ultimi sette anni della mia onorata carriera, nulla ha potuto di fronte alla vista di quell'edificio, quello che avevo davanti era un posto che conoscevo bene. Era l'Osservatorio astronomico di Monte Mario.

«Ma dove mi stai portando?» le ho chiesto mentre spingeva la carrozzella dentro la palazzina.

«Ti porto a vedere le stelle» mi ha risposto radiosa.

E le ho viste, le stelle, dopo vent'anni che non le vedevo. Ho visto stelle morenti e altre appena nate, supernovae e nane bianche, coppie di pulsar e galassie interagenti. Ho viaggiato indietro nel tempo, insomma, fino a scoprire un Universo bambino, molto più giovane di quando lo avevo lasciato, vent'anni fa. E poi mi sono avvicinato per vedere ancora una volta quello che conoscevo, ho sfiorato i confini della Via Lattea ma venendo "da fuori", sono entrato nella nebulosa di Andromeda e in quella del Toro, mi sono illuminato nella luce di Betelgeuse e in quella di Alfa Centauri. Che emozione! Erano immagini rielaborate al computer ma di una nitidezza e di una profondità che pareva esserci dentro. Ma le emozioni più intense le ho provate quando mi hanno portato al telescopio, quando ho di nuovo guardato il cielo dal buco della serratura. Come un tempo, anzi no, perché una volta non ci badavo a queste cose, mentre ora sentivo che tutta la pesantezza del mio corpo, della mia vecchiaia, della mia malattia stava svanendo sulla scia dei miei occhi.

Appeso a un raggio di luce, ho fluttuato sulla superficie gassosa di Giove, attraversato gli anelli di Saturno, camminato tra le rocce di Marte, scivolato sui ghiacci eterni di Plutone. E alla fine mi sono fermato al "solito posto" e sono andato a riposarmi sulla Luna. Quanto tempo sono stato con gli occhi incollati al telescopio non lo so, due ore, forse meno, forse più, quello che so è che avevo il cuore che batteva forte.

Aveva organizzato tutto lei, chiesto e ottenuto la possibilità che io potessi ancora una volta vedere le stelle, e io ho dovuto asciugarmi le lacrime per guardarle.

Era quello il suo regalo, ed è stato il regalo più bello che potesse farmi.

Ma prima ancora di tutto questo è successa un'altra cosa che mi ha sorpreso fino a far vacillare le mie difese. Ad aspettarmi nel laboratorio c'erano sei o sette persone, tra cui due miei vecchi colleghi, solo due perché gli altri erano morti o andati in pensione, e uno di questi era il mio giovane assistente di un tempo, che ora tanto giovane non lo era più. È stato lui, poi, a farmi da guida tra le vecchie stelle e i nuovi calcolatori. All'inizio non l'avevo neppure riconosciuto.

«Professore» mi ha detto venendomi incontro, «quanti anni... che piacere mi fa rivederla...»

Io, dalla mia carrozzella, lo guardavo perplesso. Vedevo quest'uomo grande e grosso che mi sorrideva e mi tendeva la mano ma non capivo chi fosse.

«Ma come, non si ricorda di me?»

«Dovrei ricordarmi?» gli ho chiesto stringendo un poco gli occhi.

«Be', direi proprio di sì sono un po' invecchiato però...»

«Sono io che sono invecchiato... lavoravamo insieme, suppongo?»

«Eccome! Ero il suo assistente!»

Solo allora l'ho riconosciuto.

«Aspetta... Cesare... Cesarone Manfredi, il mio tormento».

«Esatto professore, anche se... scusi se mi permetto, ma era lei il mio tormento. Anzi tanto vale che glielo dica, la odiavo quando mi chiamava Cesarone!» mi ha detto sorridendomi ancora.

«Lo so, per quello ti chiamavo così, comunque stai pure tranquillo, con la vecchiaia sono diventato buono, non ti chiamerò più Cesarone, promesso. Piuttosto, Manfredi, gli anni sono passati anche per te, eri un ragazzino...»

«Be' insomma mica tanto ragazzino... Invece lei professore devo dire che la...»

«Non dirlo! Stai zitto! Non dire che mi trovi bene perché ti do un calcio nel culo Manfredi.»

«Sempre lo stesso, eh, professore, non cambierà mai.»

«No, sono cambiato, in peggio. Prima ho mentito, sono molto più cattivo di un tempo.» Lui mi ha guardato sorridendo e poi si è girato verso le persone che erano rimaste un passo indietro e ha fatto cenno di avvicinarsi:

«Visto, che cosa vi avevo detto?» e dopo, rivolgendosi e piegandosi un po' verso di me ha sussurrato:

«Senta, professore, ci sarebbero i "ragazzi" che la vorrebbero conoscere».

«Vorrebbero conoscere me?» gli ho risposto stupito.

«Certo, lei è un mito qui dentro sa?»

«Ma non dire stupidaggini Manfredi. Sì, un mito!, guarda che razza di mito hai davanti.»

«Ma cosa importa professore? Per me lei è sempre lei, le cose che mi ha insegnato ce le ho sempre qui» e stranamente invece di indicare la testa ha indicato il cuore, «ma perché non ha voluto che la venissi a trovare?, non sa quanto mi avrebbe fatto piacere.»

«Lasciamo perdere Manfredi, tu non c'entri, ma dimmi piuttosto... di cosa ti occupi adesso?» gli ho chiesto cambiando discorso, «allora ce la fai a pesare l'Universo prima che muoia? Ti devi sbrigare, però.»

«Ci sto provando professore» mi ha risposto sconsolato, «sono vent'anni che ci sto provando... ma lo sa che certe sue ricerche le utilizziamo ancora oggi?»

«Ecco perché non ci riuscite, se volete combinare qualcosa buttatele nel cesso, datemi retta.»

Lui si è messo a ridere e poi ha di nuovo fatto cenno agli altri di avvicinarsi e me li ha presentati, ad uno ad uno. Erano tutti ansiosi di conoscermi e di stringermi la mano, l'unica che ancora si muove, ansiosi di raccontarmi aneddoti sul mio conto che non ricordavo.

«Sono leggende metropolitane che ha messo in

giro Manfredi, non è vero niente» ripetevo sorridendo e scuotendo la testa.

Per almeno mezz'ora mi sono stati tutti attorno, apparentemente entusiasti all'idea di avermi conosciuto. Ho capito che non mentivano, che erano venuti lì apposta per me. C'era ammirazione sincera nei loro occhi, e questo se da un lato mi lusingava dall'altro mi imbarazzava, anzi a essere sincero, mi infastidiva, perché non trovavo più appigli per la mia scontrosità. D'un tratto erano cadute le mie difese più resistenti, le ultime rimaste: l'irriverenza e il disincanto. Ero a disagio perché mi sentivo vulnerabile, però mi sentivo dannatamente bene, vivo. Elena era sempre al mio fianco, sorridente e silenziosa.

Nel salutarci io e Manfredi ci siamo abbracciati e ho notato che aveva gli occhi lucidi, così, tanto per non smentirmi, gli ho detto: «Non ti commuovere Manfredi... vedi che avevo ragione a chiamarti Cesarone» e poi rivolgendomi ai "ragazzi" ho detto ancora: «E mi raccomando, da ora in avanti chiamatelo Cesarone anche voi, non vedete che ha la faccia da Cesarone?». Hanno riso tutti, e meno male, perché così non si sono accorti che mi stavo commuovendo anch'io.

Durante il viaggio di ritorno con Elena non abbiamo parlato. Io me ne stavo con la testa appoggiata al finestrino e guardavo fuori ma quello che vedevo erano i ricordi di una vita legati alle sensazioni di un tempo riemerse improvvisamente: l'atmosfera dell'Osservatorio di notte, il silenzio rotto solo dal ronzio delle apparecchiature, gli sguardi attenti al cielo fuori dalla cupola quando controllavo che non ci fossero nuvole in giro e che l'umidità non fosse troppo alta, il caffè e lo spuntino di mezzanotte, il freddo e il sonno e la stanchezza delle quattro di mattina, la tensione costante di operare con strumenti preziosi e delicati, il brivido che scaturiva dall'idea di una scoperta sempre possibile, dall'aver davanti qualcosa che è al limite dell'ignoto e che potevo essere io, proprio io, quella notte, a spostare quel limite un po' più in là.

Mi ero dimenticato di tutte queste cose che avvertivo come le stessi vivendo ancora, come le stessi vivendo ora. Ma più di tutto mi ero dimenticato che sapevo emozionarmi, ed è stata Elena a farmelo ricordare. Elena, che per tutto il viaggio mi ha tenuto la mano, quella che non si muove più.

16.

È destino di tutti arrivare al dunque

La mattina dopo non l'ho vista. Strano, ho pensato, di solito appena si sveglia viene in camera mia a salutarmi. Aspetta discreta che le infermiere mi alzino e che mi mettano seduto sulla carrozzella e mi porta nel salone per fare colazione.

Non vedevo l'ora di vederla, quel giorno più che mai, non vedevo l'ora di ringraziarla, quel giorno più che mai, non vedevo l'ora di dirglielo che mi ero emozionato, che avevo pianto.

Ho aspettato, come al solito, come al solito osservando la crepa sul soffitto, anche se questa volta quasi non la vedevo, perché avevo ancora negli occhi le stelle, e quel soffitto mi pareva il cielo di notte, quando la luna non c'è.

Le infermiere sono arrivate ciabattando. Erano due nuove, e giovani, non è neppure un mese che lavorano qui. Appena possono quasi tutte se ne vanno da un'altra parte. Una di loro mi ha detto che quando fanno la scuola gli dicono che andranno a fare un lavoro altamente professionale, pieno di responsabilità. Queste si immaginano che sarà come fare l'infermiera in un telefilm americano e invece finiscono a pulire dei culi. Bisogna capirle.

In ogni modo, anche se non mi guardano quasi – o forse proprio per questo – mi allungano qualche improbabile complimento sul mio bell'aspetto di stamattina, mi lavano sbrigative e mi cambiano il pannolone sempre parlando fitto tra di loro.

Una mi dice: «Allora, nonno, ma non ci aiuti proprio per niente. Sei proprio un pigrone eh?».

Non mi dà il tempo di risponderle – ma non le avrei risposto neppure se mi avesse dato il tempo di farlo – di dirle che non è la pigrizia che m'impedisce di aiutarle, ma l'ictus, o la vecchiaia, che chiede alla sua amica se era buona la pizza che ha mangiato sabato sera non so dove, e mentre iniziano a vestirmi per poi mettermi in carrozzella riprendono a parlare di pizze e di posti dove le fanno buone.

Dopo due tentativi poco convinti di interrompere il flusso dei loro discorsi, alzo, con grande fatica, il tono della voce e chiedo:

«Sapete perché non è scesa la signora Mattei?».

«La signora chiii?» risponde la meno distratta.

«La signora Elena Mattei» dico io, «la numero trentasei.»

«Ma la trentasei non è quella che è morta stanotte?» dice l'infermiera rivolgendosi all'altra.

«Sì» risponde quella, «un infarto, l'hanno portata via con l'ambulanza che ancora respirava, ma è morta prima di arrivare in ospedale» poi, rivolgendosi a me, dice ancora: «La conosceva bene?».

Ho chiuso gli occhi, per un attimo, e in quell'attimo l'ho rivista che mi sorrideva radiosa e mi diceva ti porto a vedere le stelle. Ho sperato di non riaprirli più, di morire accompagnato dal suo sorriso. Impossibile, troppa grazia, io vivo, nonostante tutto io vivo. Se è vero che i sogni ci aiutano a vivere allora io vivo perché il mio sogno è morire.

Con un filo di voce ho chiesto di non farmi scendere, di non mettermi in carrozzella, di lasciarmi a letto. Ho avuto paura che non mi ascoltassero, che mi ci mettessero di forza, su quella maledetta carrozzella. Invece dopo qualche blanda insistenza, di fronte soprattutto alla rigidità del mio corpo, una di loro è andata a parlare con la direttrice, poi è tornata, ha fatto cenno di sì all'altra. Mi hanno cambiato il pigiama, mi hanno "aggiustato bene", mi hanno dato qualche pillola e sono andate via, continuando a parlare di pizze. Rimasto da solo ho sentito sulle spalle e nella testa e nelle palpebre tutta la stanchezza del mondo e della mia vita che non finisce mai e mi sono addormentato. Dopo due ore o tre o quattro non so, l'ausiliaria Lina o Pina o Tina, mi ha svegliato per dirmi se me la sentivo di alzarmi per andare a pranzo, ma io le ho biascicato di no e ho richiuso gli occhi. Poi mi ha chiamato, un'altra volta – e questa volta mi ha chiamato "Professor Perez" – e mi ha consegnato una lettera di Elena. I suoi occhi spenti si sono accesi in un lampo di commozione. Con la voce strascicata dal sonno e dai sedativi e dal mio cervello a metà le ho detto di metterla nel cassetto del comodino e mi sono di nuovo addormentato. Ho dormito per due giorni, forse tre. Mi lavavano dal letto, mi imboccavano per mangiare, mi cambiavano il pannolone. Io non chiamavo mai, e non mi sono mai alzato, ci hanno provato, ad alzarmi. Una volta mi hanno messo anche in carrozzella, ma sono scivolato giù. Ho sentito il dottore che ha detto che avevo la febbre e di rimettermi a letto.

È destino di tutti arrivare al dunque, salire il gradino della bilancia per essere pesati. In quei momenti non ci sono trucchi, ci si pesa nudi. Io credevo di esserci già salito, su quella bilancia, di essermi già pesato, e non una volta sola. Mi sbagliavo. Ma di una cosa ormai sono certo, non ci sarà un'altra volta, no, non ci sarà, non salirò più su quella bilancia, perché se dovessi farlo non avrei poi la forza di scenderne o forse tutto il peso della mia vita la sfonderebbe.

Ora mi sono ripreso, e non provo dolore, non provo più niente. Nessun ricordo è capace di scuotermi e Elena è ormai un ricordo che sfuma, per questo ne ho parlato come se fosse viva, per questo ho detto: "Per fortuna che c'è Elena" anche se non c'è più, per cercare di fissare le emozioni che mi ha dato su questi fogli, per non dimenticarle. Per cercare di rallentare la caduta della memoria nel nulla, un abisso che desidero più di ogni altra cosa. Così, almeno, rimarranno le parole scritte, queste, e quelle di questa lettera di Elena, parole che prima o poi svaniranno insieme alla carta e all'inchiostro e a tutti quelli che le leggeranno, a tutti voi, cioè, che le avete lette.

Ecco, quel che avevo da dire l'ho detto, senza giri di parole o falsi pudori, senza ipocrisia o retorica, senza autocommiserazione o vittimismo. Ma questo, lo ripeto, è l'unico vantaggio che è concesso ai vecchi. Lasciatemelo, e conquistatelo se vecchi lo siete già, o quando lo sarete, se non lo siete ancora.

Elena, ora poserò questa penna perché sono stanco e le dita mi fanno male, chiamerò un'infermiera, mi farò portare a letto, accenderò la abat-jour e leggerò la tua lettera, e poi, dopo, chiuderò per un attimo gli occhi, come mi avevi chiesto tu qualche giorno fa mentre sul pulmino della casa di riposo percorrevamo viale Parco Mellini, e come quando mi hanno detto che te n'eri andata via, silenziosamente, nella notte. Io li chiuderò, gli occhi, solo per un attimo, ma tu Elena, se ci sei, se davvero sei da qualche parte, ti prego, ti prego Elena, questa volta non farmeli riaprire più.

17.

Quello che mi aspetto da te

Amore mio,
(e non stupirti se ti chiamo amore)

spero che tu non debba mai leggere questa lettera, perché se dovessi farlo vorrebbe dire che t'avrei lasciato solo, e questa è un'eventualità cui non voglio nemmeno pensare. Devo sopravviverti, Tommaso, non per me, ovviamente, ma per non lasciarti solo.

Eppure ti scrivo, sento che ho bisogno di farlo, soprattutto per dirti che ti amo. Questa è l'unica cosa che non ci siamo mai detti anche se lo sappiamo benissimo entrambi. Strano, il solo pudore tra di noi è proprio questo, forse perché ai vecchi non è concesso l'amore, l'amore vero, intendo dire. Guarda che è amore il nostro, credimi. Non nasconderti dietro alla vecchiaia, dietro alla malattia, dietro alle tue assurde razionalizzazioni. Non nasconderti.

Mai avrei pensato di amare così tanto, nemmeno da giovane, quando sognavo chissà quale meravigliosa storia d'amore mi potesse riservare il futuro. Non l'ho avuta, o meglio, credevo di non averla avuta, e invece è questa Tommaso, la meravigliosa storia d'amore che mi ha riservato il futuro.

Non m'importa nemmeno di non averti incontrato prima. Fosse successo non sarebbe stata la stessa cosa. Voglio dire, ci saremmo amati, forse, ma non sarebbe stata la stessa cosa. Innamorarsi da vecchi, non è la stessa cosa.

I vecchi quando si amano da una vita diventano amici, o qualcosa del genere. Invece noi stiamo vivendo la passione dell'innamoramento, la profondità dell'amore e la confidenza dell'amicizia tutti in un unico atto.

Vedi che la vecchiaia non è poi così male. Accettala Tommaso, o conquistala, come sostieni tu, e accetta anche la tua malattia, forse ne guarirai.

Hai sempre apprezzato il fatto che io non mi aspettassi niente da te, lo so, me lo hai detto. Quante volte abbiamo parlato di come tu consideri le aspettative un fardello da cui occorre liberasi per vivere più sereni. Eppure un giorno me lo hai chiesto, ricordi? Che cosa ti aspetti da me?, e ricordi cosa ti ho risposto? Mi aspetto che tu non mi chieda che cosa mi aspetto da te. Che non voleva dire "niente", ma tutto quello che eri in grado di darmi senza avere bisogno di chiedermelo.

Ora però ti devo deludere, perché c'è una cosa che mi aspetto da te, ed è che tu riconosca il nostro amore, l'amore che provi. Fallo Tommaso, ti prego, guardati dentro e scoprilo, non per me, perché so che quando leggerai questa lettera, se mai la leggerai, io non ci sarò più, ma per te, perché ti aiuterà a vivere, e a morire, quando sarà il tuo tempo. Perché riconoscere l'amore che provi per me sarà come riconoscere l'Amore, sarà sentire che anche tu sei in grado di provarlo. L'amore non è un sentimento a consumo, non si esaurisce mai, ne abbiamo riserve infinite. La vera difficoltà sta nello scoprirle, nell'oltrepassare il confine profondo tracciato dall'individualismo, dall'indifferenza, dall'egoismo, dal narcisismo, dalla paura, dall'attaccamento alle cose, dall'orgoglio, dall'odio, dalla vita stessa.

Tu dici che il tuo cuore è coperto di neve, la neve può diventare ghiaccio oppure sciogliersi. Dipende soltanto da te. Lasciati andare, Tommaso, come fai ogni tanto quando mi accarezzi o quando chiudi gli occhi se ti accarezzo io. Non aver paura di ammettere il tuo bisogno di ricevere tenerezza, e di darne, non aver paura di dire che mi ami, e bada bene: non di avermi amato! Non aver paura di ammettere che quando ce ne stavamo seduti in silenzio sotto il pergolato ti commuovevi anche tu. Ecco, è questo ciò che mi aspetto da te. E posso chiedertelo, ora, perché non è a me che dovrai rispondere, non lo farai per soddisfare una mia aspettativa, ma una tua esigenza che da troppo tempo hai seppellito sotto la montagna di dolore che hai dentro, e che ti schiaccia. Se lo farai, allora sono certa che ritroverai anche l'amore perduto per Karen, per David, per la Vita – questa tua vita – e chissà, forse anche quello per Dio. Perché l'amore è uno solo.

Esiste un punto di rottura, Tommaso, un confine preciso oltre il quale il Sé si confonde con l'Altro, oltre il quale il Sé e l'Altro diventano tutt'uno, e allora sì che altruismo ed egoismo hanno lo stesso significato, perché oltre quel confine diventano parole prive di significato. Oltrepassare quel confine è difficile, ma se riesci a farlo, se saprai farlo, capirai che le parole non contano più, che niente conta più, nemmeno il tuo corpo cadente. Non farti ingabbiare dalle parole, l'unica parola che conta è Amore.

L'amore non finisce col mondo, credimi Tommaso, non c'è bisogno della fisica o della filosofia per sapere con tranquilla certezza che Dio esiste, basta aver superato quel confine, e io l'ho fatto. Dio è Amore, lo dice il Vangelo, e allora, se Dio è Amore, l'Amore non può finire col mondo.

La ragione e l'intelligenza sono i mezzi che Dio ci ha donato per rivolgerci a Lui, o forse addirittura per dubitare di Lui, ma non è con la ragione o con l'intelligenza che possiamo conoscerlo, capirlo, sentirlo. Non è con la ragione, Tommaso, che possiamo toccarlo, la ragione non basta. Occorre l'Amore. E io con l'Amore l'ho toccato, sono certa che per un attimo ho toccato Dio. Per questo ti dico che esiste, per questo ti dico che ci troveremo ancora.

Ci troveremo ancora, Tommaso, senza forma né luogo, perché non si può dare forma o luogo all'Amore. E tempo ne avremo, tutto quello che ci è mancato e molto di più, così tanto da confondersi con l'eternità.

Un'eternità senza un prima o un dopo, ma con tutto il passato e il futuro possibile condensati in un unico atto: un presente infinito. Ora chiudi per un attimo gli occhi, Tommaso, non importa quanto durerà quest'attimo, quel che conta è che quando li aprirai sarai con me. Di nuovo con me, te lo prometto.

Non temere, Tommaso, ci troveremo ancora, dove non so, come neppure, ma quello che so è che ti insegnerò a ballare. Ti amo.

Elena

TERZA PARTE

Chiamatemi Stefano

18.

Chiamatemi Stefano

Chiamatemi Stefano. Alcuni anni fa – non importa esattamente quanti – ho conosciuto Tommaso Perez, e l'ho conosciuto bene. Sono io l'improbabile fisioterapista di cui parla Tommaso, quello con i capelli lunghi e la faccia di uno che sembra essere capitato lì per caso, quello che cantava le canzoni di De Gregori mentre gli faceva la fisioterapia, quello che lavorava e studiava all'Università, perché ora si è laureato e fa il neurologo e i capelli se li è tagliati. Sono io che ho raccolto i suoi appunti, quelli che avete appena letto. Li ho ordinati, trascritti, "tradotti", in certi casi (la scrittura di Tommaso è davvero illeggibile). Sono io che ho trovato la lettera di Elena, sono io che conosco la storia e che la posso raccontare perché c'ero o perché è stato Tommaso a parlarmene. E allora vi racconterò com'è andata perché da quel giorno il professor Tommaso Perez non ha scritto più, troppo impegnato com'era a vivere la sua nuova vita.

Tommaso Perez lesse quella lettera tre volte di seguito, poi chiuse gli occhi. Non li volle riaprire. Aspettava il miracolo di una morte dolce e disperata, era come se volesse dare tempo alla morte, o dare tempo a Elena di farlo morire. Si addormentò, invece, e fece un sogno che non scordò più per il resto dei suoi giorni. Si trovava nel giardino della sua casa di Cambridge, e nel giardino c'era David che giocava, come ogni giorno. Dalla finestra di casa scorse la figura esile di Karen che trafficava in cucina, come ogni giorno. Aveva la consapevolezza di una nuova percezione di se stesso. La sua identità era integra e forte ma libera da ogni sovrastruttura che la vita negli anni aveva caricato su di essa e dunque non provava emozioni né dolore perché tutto il dolore si era dissolto con le scorie dell'esistenza. Nessuna emozione, solo questo senso di serenità simile a un'assenza consapevole. Tutto era identico ad allora, solo i colori erano più vividi. D'un tratto udì Elena che lo chiamava, si girò, si guardò intorno... e la vide, in tutta la sua bellezza.

«Elena, dimmi sono morto?, o sto solo sognando?» le chiese.

Elena sorrise ma non rispose. Lo accarezzò, invece, come in giardino, d'estate, mentre stavano ad aspettare che venisse la sera. In un attimo tutto gli fu chiaro. Con una carezza Elena gli aveva spiegato il senso della vita. Ora sapeva.

Sorrise anche lui, e pensò che era tutto così semplice e naturale che gli pareva impossibile non averlo capito prima.

«È così semplice? È tutto così semplice? Ma allora Elena, dimmi, perché ci tormentiamo quando è tutto così chiaro, così naturale, così inevitabile? Perché non capiamo?»

«Perché la Verità sta dietro di noi e nascendo ce ne allontaniamo.»

Questo gli disse Elena nel sogno e poi svanì, e con lei scomparve tutto ciò che era intorno a lui. Tutto si fece buio, e di nuovo chiaro, ma di una luce diversa, consueta: la luce del mondo. C'era un medico vicino a lui, che gli pressava le mani sul petto. Tommaso aveva appena avuto un arresto cardiaco, ma ora il suo cuore aveva ripreso a battere normalmente. Di fatto Tommaso Perez morì, per neppure un minuto ma morì.

«È andato in fibrillazione ventricolare» mi disse il medico, «in pratica il suo cuore batteva così rapidamente che non riusciva a contrarsi.»

«E da cosa può essere provocato? È possibile che a provocarla sia una forte emozione?» gli chiesi ancora.

«Possibilissimo» mi rispose quello.

Fu Fardi ad accorgersi che qualcosa non andava e a chiamare l'infermiera.

Aveva gli occhi aperti, ora, e di nuovo vedeva la crepa sul soffitto. Era stanco, spossato come mai prima. Qualcosa in lui era cambiato, la prostrazione che l'aveva risucchiato dopo la morte di Elena pareva essersi dissolta per lasciar posto a una sensazione di vago benessere. Nelle ore immediatamente successive credette che questo suo insolito stato d'animo derivasse dallo stress fisico estremo che aveva subito, da qualche uragano ormonale che aveva allagato i suoi circuiti cerebrali, e forse in parte era vero, ma nei giorni seguenti, con la lenta ripresa delle energie, quello stato emotivo non lo abbandonò, anzi si fece più chiaro, più definito. Sentiva dentro di sé una forza nuova, impensabile prima, una sorta di inesplicabile serenità interiore, simile a quella che aveva vissuto nel sogno – ma fu veramente un sogno? – che lo accompagnò immutata per il resto della sua vita. I primi tempi questa sua relativa serenità lo inquietava, si chiedeva come fosse possibile essere così diverso da prima. Questa pace stupita non gli piaceva, preferiva l'inquietudine, ma a poco a poco capì che si poteva essere abbastanza sereni senza per questo naufragare nell'imbecillità. Certe volte era sfiorato dal sospetto che fosse una sorta di miracolo, che quella notte fosse morto davvero e che Elena, da quell'aldilà a cui ancora stentava a credere, gli avesse fatto questo regalo. In ogni caso, che fosse stato un miracolo o una anomala reazione psichica conseguente all'arresto cardiaco, o chissà che altro (c'è chi dice che capita, in chi ha avuto esperienze del genere, che dopo non ci si senta più gli stessi), l'unico dato di fatto, a cui neppure lui poteva sottrarsi perché lo stava vivendo, era questo suo nuovo stato emotivo. Così alla fine si arrese e godette del suo essere sereno senza più chiedersi perché lo fosse. Senza fatica scoprì che l'amore per Elena era quasi naturale. Rilesse la lettera ancora cento volte e ogni volta sentiva in sé crescere quell'amore. L'amava, e ora lo sapeva. Aveva solo due rimpianti, non averglielo detto e non averlo ammesso prima.

Per il resto Elena gli mancava, certo, gli mancava terribilmente. Gli mancavano gli sguardi, i gesti, le intese, eppure quella di Elena era un'assenza nuova, così diversa da quella provata per David o per Karen.

Era un'assenza colmata dalla scoperta di quell'amore, anzi forse addirittura dalla scoperta dell'Amore stesso (ma questo è difficile dirlo perché di questo non parlò mai a nessuno, neppure a me), di quel sentimento che fino ad allora non aveva mai provato, o più probabilmente aveva dimenticato, negato, sublimato, razionalizzato. In qualche modo quell'Amore, con la a maiuscola o minuscola che fosse, (ma poi, esiste l'amore con la a minuscola?), riempiva il vuoto che Elena aveva lasciato nella sua vita così tanto da farlo star bene. Con fatica invece, aiutato da me, tornò a camminare.

Qualche settimana dopo la morte di Elena, appena si era ripreso dalla febbre e da tutto il resto passai come al solito dalla sua camera e come al solito gli chiesi se aveva voglia di fare la fisioterapia.

«Ueilà, buongiorno! Come va? Siamo incazzati anche oggi? O c'è la remota speranza che non mi mandi affanculo?... Allora, facciamo un po' di fisioterapia?»

«Perché no» mi rispose guardandomi negli occhi con uno sguardo nuovo, strano.

«Sta scherzando, vero?» gli chiesi incredulo.

«Ti sembra che sia uno che è nelle condizioni di scherzare?»

«Be', effettivamente... no, però dato che di solito...»

«Ascolta, Stefano, tu credi davvero che possa riuscire a camminare di nuovo?» mi interruppe serio.

«Io credo di sì.»

«Ma io intendo dire con un bastone, non con quel cazzo di girello.»

«Perché no?» gli risposi sorridendo.

Sorrise anche lui, appena appena, e mi disse:

«E allora dai, cosa aspetti, vediamo di cosa sei capace, che devo andare a fare una passeggiata per Villa Borghese».

Da quel giorno per un'ora al giorno lavoravamo entrambi col massimo impegno. Certe volte, se riuscivo, passavo anche nel pomeriggio, e nel resto della giornata spesso Tommaso lavorava da solo facendo gli esercizi che gli avevo insegnato. Ma non fu merito mio, fu Tommaso a fare il miracolo, o forse Elena, chissà. Fatto sta che riuscì a camminare appoggiandosi a un bastone. Ci vollero due anni, perché due anni esatti dopo la morte di Elena, nel giorno del suo compleanno, gli feci il regalo – o meglio fu lui che lo fece a se stesso – di accompagnarlo nella sua prima breve passeggiata per Villa Borghese. Io credo che in qualche modo Tommaso avesse finalmente accettato la sua malattia, per questo riuscì a camminare di nuovo, altrimenti non ce l'avrebbe fatta, la sola forza di volontà non sarebbe bastata. Tommaso Perez fu il mio più grande successo come fisioterapista, e anche il mio ultimo paziente.

Durante tutte quelle ore passate insieme, e furono tante, il nostro rapporto si consolidò, fino a diventare unico, intimo, esclusivo. Eppure non sono mai riuscito a dargli del tu – e d'altra parte Tommaso non me lo ha mai chiesto – ma a me andava bene così, lo trovavo, come dire, giusto. Addirittura un giorno in cui mi fece arrabbiare per davvero lo mandai affanculo dandogli del lei: «Sa cosa le dico Tommaso? Ma se ne vada un po' affanculo va! Sempre io ci devo andare?, ci vada un po' lei 'sta volta!». Lui rimase imperturbabile, anzi ghignò di soddisfazione. Un grande, davvero. A me era sempre piaciuto quell'uomo, vedevo che era speciale, che dietro e dentro al suo dolore, alla sua insofferenza, al suo disincanto, alla sua ironia, c'era tutto un mondo da scoprire, a cui però fino ad allora non avevo avuto accesso. O forse ero io che non avevo mai trovato le chiavi per aprire la porta spessa dietro la quale viveva. In ogni caso per me fu molto più di un padre, o di un nonno, se si vuole. Per me fu un incontro di quelli che non dimenticherò dovessi vivere altre cento vite. Fu uno di quegli incontri che te la segnano, la vita. Mi parlò dell'Universo, della fisica subatomica, del tempo, dello spazio, del vuoto, della luce.

Già, la luce. Mi disse che la luce era stata la sua visione e la sua scommessa persa, ma quando gli chiesi perché, sorrise, scosse la testa e mi diede una risposta secca e sibillina che capii solo molto tempo dopo. Mi disse che era inutile parlarne una volta passati i trent'anni! Mi parlò dei filosofi, delle loro idee, delle loro vite. Non c'era giorno che non mi raccontasse qualcosa che non mi stupiva. Non c'era giorno che non mi insegnasse qualcosa. Mi spiegò, per esempio, che il segreto della piena realizzazione è riuscire a comunicare agli altri ciò che si è attraverso quel che si fa, ma che per essere davvero equilibrati e sereni è indispensabile che ciò che si fa sia realmente quello che si vuole e non quello che vogliono gli altri. «Vedi, Stefano» mi diceva, «fin da bambini, chi più chi meno, ci modelliamo secondo l'immagine che gli altri, prima di tutto i genitori, ma anche gli insegnanti, gli amici, i nostri compagni di vita, e perfino i colleghi di lavoro, hanno di noi, o che vorrebbero avere, o che pretendono di avere. E molti crescono, si formano, si trasformano addirittura, per corrispondere a quell'immagine. Certe volte non se ne accorgono neppure, perché è così radicato nella loro personalità questo continuo bisogno di essere all'altezza di un'idea che finisce per diventare l'idea stessa che hanno di loro. Mi raccomando, Stefano, liberati da questo, non aspettare che sia troppo tardi per farlo, perché arriverà il giorno, e neppure troppo lontano, in cui ti accorgerai che comunque ti sia andata la strada che hai fatto è stata più interessante di quella che ti aspetta, che i ricordi hanno preso il posto dei progetti e che la tua vita non potrà più cambiare, se non in minima parte. Ecco, quel giorno non dovrai avere rimpianti, dovrai consolarti con la consapevolezza che le scelte che hai fatto sono state le tue e non quelle che ti sei trovato a fare per pigrizia o peggio ancora per compiacere qualcuno.»

Le aspettative, sempre quelle, sono state il suo cruccio e questa volta la sua scommessa vinta.

Ma spesso stavamo zitti, tutti impegnati come eravamo nel lavoro. Io lo sgridavo, e lui sgridava me quando ero troppo esigente, quando non mi rendevo conto dei limiti della sua forza fisica, non della sua volontà. E anche da quei silenzi, spezzati solo dall'affanno dei suo sforzi, ho imparato qualcosa.

Mi parlò della vita, insomma, non tanto della sua, e molte cose le ho apprese leggendo i suoi appunti. Certo, mi raccontò anche di lui, del suo rapporto con Elena, del "sogno" e di tutto il resto, ma sempre con un po' di pudore e talvolta in modo abbastanza vago. Non ebbe difficoltà invece a dirmi che l'aveva amata, di essersi accorto che l'aveva sempre amata, e che l'amava ancora, la sua dolcissima Elena.

Elena, certo!

Io non posso dire di averla conosciuta bene, non aveva bisogno di fisioterapia e quindi di me. Ma era così, erano così i suoi occhi, "come quelli di una bambina. Azzurri, vivissimi e luminosi". E così era la sua pelle, "fresca, solcata da rughe discrete". Li vedevo sempre insieme, parlottare, ascoltarsi, sorridere. Vedevo che lei lo imboccava, ogni tanto, che gli asciugava il sudore. Elena era davvero "così disponibile, così umanamente interessata agli altri, così attenta ai bisogni di chiunque. Così gentile, lei. Mai una parola fuori posto, mai un gesto di stizza. La sua era una cortesia sincera, mai sporcata dalla convenienza, non mascherava mai il disappunto col sorriso. La sua amabilità era autentica, a tal punto che la sua mitezza diventava autorevole".

Sono parole di Tommaso, e io alle parole di Tommaso ci credo e quindi credo che Elena fosse davvero come diceva lui. D'altra parte lo so, l'ho vista, in qualche modo l'ho conosciuta.

19.

Nonostante mi abbia salvato la vita

Tornando a Perez, il suo modo di stare con gli altri non cambiò di molto, rimase sempre abbastanza solitario e poco incline alla socializzazione, talvolta era anche scorbutico e in qualche occasione mandò a quel paese qualcuno, me compreso, però lo faceva in un altro modo, non saprei neppure io dire come, ma era come se ti mandasse affanculo con serenità e carismatico distacco. Naturalmente si rifiutò sempre di giocare a tombola o di intrattenere rapporti con le volontarie. Una volta, ricordo, a una di queste che insisteva per confortarlo disse: «Mi scusi, sa, se mi permetto, ma lei ha una brutta alitosi quindi se per favore...» e le fece il gesto di allontanarsi un po' accompagnato da una smorfia di disgusto. La volontaria rimase senza parole e poi, imbarazzata, si volatilizzò. Certo, forse prima glielo avrebbe detto con un tono molto più brusco, o forse no, in fondo Tommaso ha sempre avuto stile anche nella sua maleducazione. Insomma, se era maleducato era un maleducato di classe.

Con Fardi, invece, i rapporti migliorarono notevolmente, “nonostante mi abbia salvato la vita”, diceva sempre Tommaso.

In realtà avvenne un fatto abbastanza clamoroso che facilitò questa riconciliazione.

Innanzi tutto va detto che, tolto Perez, tra tutti gli ospiti della casa di riposo Fardi mi sembrò il più avvilito per la morte di Elena e questo fatto, di per sé, avvicinò i due, ora che la gelosia di Tommaso non aveva più motivo di essere, finché un giorno, qualche settimana dopo la morte di Elena, Fardi entrò in camera e iniziò mestamente a fare la valigia.

«Scusate se vi disturbo ma vorrei iniziare a raccogliere le mie cose» disse con lo sguardo basso. E ora va bene che i rapporti con Perez erano già migliorati, ma che Fardi dicesse “scusate se vi disturbo” non stava né in cielo né in terra perché Fardi era una testa di cazzo a prescindere, su questo non ci piove. Eppure quel giorno era così abbattuto che non aveva neppure la forza di essere arrabbiato.

«Perché deve iniziare a raccogliere le sue cose?» gli chiesi.

«Perché dopo pranzo me ne vado.»

«Ah, bene, e dove va, torna a casa?»

«No, non ce l’ho più una casa» mi rispose sempre senza guardarmi negli occhi.

«E allora dove va?»

«Non lo so.»

«Come non lo sa?» gli chiesi di nuovo mentre Perez assisteva attento al nostro colloquio.

«Alla direttrice ho detto che vado da mia nuora, ma non è vero, l’ho fatto perché se no sarei finito in un ospizio comunale che in confronto questo è il

Grand Hotel e non me la sento... non me la sento più, piuttosto preferisco buttarmi nel Tevere.»

«Fardi, mi scusi, si sieda un attimo per favore, mi spieghi meglio... non le voglio neppure sentire queste sciocchezze.»

«Non sono sciocchezze, stasera penso che dormirò in una pensione. Vorrei passare la notte in una pensioncina dietro alla stazione Termini dove eravamo stati con mia moglie proprio la prima volta che abbiamo messo piede a Roma, cinquant'anni fa. Si chiamava Esperia, ci sarà ancora, no? Una notte sola, perché due non me le posso permettere, almeno, ho dieci euro, basteranno per due notti?, forse sì, a quei tempi mi ricordo che abbiamo speso trecento lire, però vorrei andare anche a mangiare in un ristorantino dove ero stato con la mia povera Sara... pace all'anima sua... proprio quella sera, solo che non mi ricordo come si chiama... ci sarà ancora?» Era bello andato!, ora che aveva alzato gli occhi il suo sguardo era smarrito, e parlava con una voce cantilenante, come un bambino. Era in evidente stato di shock.

Io e Perez ci scambiammo uno sguardo interlocutorio e Perez si portò un dito alla testa picchiettandosi la tempia.

Allora mi alzai, andai verso Fardi, lo feci sedere sul letto, gli porsi un bicchiere d'acqua e con calma cercai di farlo ragionare. A poco a poco si riprese e iniziò a raccontarci qualcosa della sua vita, una vita difficile, fatta di sudore, di lavoro e di molto dolore.

Non ve la racconterò perché di questa storia, per la nostra storia, ci interessano solo poche cose: che Fardi non aveva pensione perché aveva sempre lavorato in nero spaccandosi la schiena come manovale, che la casa che era riuscito a comprare dopo sacrifici inenarrabili l'aveva intestata al figlio, che sei mesi prima il figlio era morto in un incidente di moto, che la nuora non pagava più la retta da sei mesi e che l'indomani doveva andarsene. Stop. Tutto il sudore, il lavoro e il dolore che c'è dietro e dentro a questa storia immaginatevelo, non è difficile.

«... E così dopo pranzo me ne vado, in questi mesi ho dato fondo ai miei risparmi e gli ultimi due me li ha pagati la signora Mattei, ma ora... e poi ho troppo orgoglio per dire alla direttrice che non so dove andare, le ho detto che vado da mia nuora e invece mia nuora non la vedo dal funerale di Paolo.»

A quel punto Perez, che fino ad allora era stato sempre zitto, senza scomporsi più di tanto disse:

«Fardi, lei dopo pranzo non va da nessuna parte perché questo mese glielo pago io poi nel Tevere ci si butta a giugno che c'è anche l'acqua più calda».

Fardi all'inizio non voleva accettare perché diceva che non sarebbe cambiato niente ma Perez fu irremovibile.

«Cazzo, Fardi, mi ha salvato la vita quindi delle due l'una, o la butto io nel Tevere oppure le pago almeno la retta di un mese, non si discute!»

Ma il fatto clamoroso, quello che fece di Perez l'idolo di Fardi, fu un altro. Circa una settimana dopo questo episodio si presentò alla casa di riposo un notaio che annunciò a Tommaso di essere stato nominato unico erede della signora Mattei e in pratica gli consegnò la ragguardevole somma di sessantacinquemila euro, tutti i risparmi di Elena. E Perez, senza pensarci troppo, mise a disposizione l'intera cifra per pagare le rette di Fardi, mese dopo mese. Da quel giorno Fardi divenne lo scudiero di Perez, quasi una sorta di Sancio Panza.

Anche con Schiavone i rapporti si fecero più stretti soprattutto da quando Perez, credo con grande piacere, gli rivelò il fatto del bromuro nel latte. Schiavone andò in crisi: rifiutare il latte per un affamato cronico come lui sarebbe stato fuori discussione e poi con ogni probabilità il bromuro lo avrebbero messo da qualche altra parte, continuare a berlo sarebbe stato, invece, puro autolesionismo. Era annichilito, non sapeva che fare, e così chiese consiglio a Perez:

«Professò, c'aggio a fà?».

Perez dopo averci pensato un po' su gli diede una dritta geniale:

«Scambia la tua tazza con quella di qualcun altro».

«E con chi?»

C'ero anch'io quel giorno, eravamo in camera, stavamo facendo la fisioterapia.

Perez non parlò, si limitò a lanciare uno sguardo complice verso Bernabei, il loro compagno di stanza malato di Alzheimer, che in quel momento, tutto preso dai suoi pensieri, se ne stava seduto su una sedia a giocare col solito fazzoletto e a parlottare tra sé.

Schiavone si illuminò d'immenso.

Dalla mattina successiva, con una mossa degna di un prestigiatore, Schiavone prese a scambiare la sua tazza con quella di Bernabei, sul quale, a onor del vero, il bromuro non pareva sortire alcun effetto, se si esclude una certa sonnolenza nelle ore immediatamente successive alla somministrazione.

Nel breve giro di una settimana Schiavone tornò a essere quello di prima del bromuro, vale a dire un uomo che nell'ultima fase della vita, dimostrando un invidiabile spirito di adattamento, era andato eroicamente oltre al noto criterio discriminante "basta che respirino" per approdare al meno selettivo ma più democratico "basta che respirino meccanicamente".

Giusto quindici giorni dopo la sospensione della "terapia" Perez mi confidò che Schiavone gli aveva chiesto di mettere una parola buona con una nuova ricoverata, una giovane, una professoressa di latino di neanche settant'anni, autosufficiente, per lui quasi un miraggio, quindi. (Nell'abbassare le sue pretese Schiavone trovava l'autosufficienza una caratteristica femminile irresistibile.) Una tipa che però, secondo Schiavone, aveva la puzza sotto al naso. Ebbene, incredibilmente Perez incominciò a lavorarla ai fianchi spendendo parole entusiastiche su di lui, dipingendolo come un intellettuale raffinato. Poi insegnò a Schiavone qualche frase latina d'effetto, tanto per fare colpo, e Schiavone, da buon allievo, ne imparò una decina a memoria. Era uno spasso vedere Schiavone che discettava in latino con la professoressa... sì, magari "discettava" è una parola grossa, ma l'ho sentito io stesso citare come nulla fosse Cicerone e buttare lì un "Senectus ipsa morbus" mentre contestava il filosofo asserendo che lui era la prova vivente che la vecchiaia, invece, non è una malattia, anzi che ci sono dei vecchi "tipo me" che hanno più vigore dei giovani. E pronunciando la parola "vigore" guardava ammiccante verso il basso. Quando chiesi a Tommaso se davvero la professoressa aveva la puzza sotto al naso mi rispose: «Sì, ma non sotto al naso». Nonostante questo pare che Schiavone se la sia come dire... portata a letto ortopedico. E quando gli dissi che secondo me se non gli avesse insegnato il latino, Schiavone non ce l'avrebbe mai fatta, Perez mi rispose che invece secondo lui quella lì se la sarebbe scopata anche se parlava in napoletano. Non usò queste stesse parole ma il senso era quello.

20.

Il rasoio di Occam

Un giorno, mentre facevamo la fisioterapia, pretendevo da Perez un esercizio che ancora non riusciva a fare e lui sbottò: «Vedi, adesso dovrei mandarti affanculo, anzi, visto che devo alzare la gamba, dovrei farlo per darti un calcio nel sedere, e invece non lo faccio. E sai perché? Sai perché non sono più incazzato come una volta? Perché mi sono rincoglionito! Da qualche parte ho letto che le persone colpite da ictus dopo un po' rischiano la demenza. Vuoi vedere che mi è venuto l'Alzheimer? Ma certo, è così, non può essere altrimenti, sono in pieno Alzheimer! Fammi un piacere, Stefano, domani mi potresti portare il tuo libro di neurologia che voglio leggere bene i sintomi iniziali, vedrai che ce li ho tutti».

«Non dica stupidaggini» gli risposi, «piuttosto, non sarà che... sa, una volta ho letto un libro che parlava di quando uno... ehm... muore e poi ritorna a vivere... credo si chiamino esperienze premortis o qualcosa del genere, c'è tutta una letteratura al riguardo, sa il tunnel... la luce...»

«Io non ho visto nessun tunnel, mi dispiace» mi interruppe sarcastico.

«Sì, va be'... ora non è che si deve vedere per forza il tunnel!, però sembra che poi... dopo, quelli che hanno vissuto queste esperienze, che in pratica sono venuti in contatto con l'Aldilà... ehm... con Dio... be', insomma poi, dopo, vedono la vita diversamente, sono sereni, non so, magari lei è così per questo.»

«Se io fossi venuto veramente in contatto con Dio, e se poi lui mi avesse rispedito di nuovo qui in queste condizioni... paralizzato... in carrozzella, a lavorare con un fisioterapista rompiballe come te sarei ancora più incazzato di prima.»

«No va be', parlando seriamente cosa ne pensa di queste cose?»

E allora lui (quasi) seriamente mi rispose: «Non lo so, Stefano... per carità, tutto può essere, però secondo le leggi che regolano l'Universo io ho l'Alzheimer».

«Come sarebbe a dire che secondo le leggi che regolano l'Universo lei ha l'Alzheimer?»

«Sarebbe a dire che tutte le volte che abbiamo elaborato teorie molto complesse per spiegare qualcosa, alla fine quella giusta era sempre la più lineare, insomma... lo hanno detto anche certi filosofi, hai mai sentito parlare del rasoio di Occam?»

«No.»

«Occam è un tizio che diceva che per capire le cose è perfettamente inutile adoperare uno strumento maggiore del necessario.»

«Cioè?»

«Cioè più le ipotesi sono complicate e più si allontanano dalla verità e quindi tra due alternative è vera sempre la più semplice. Allora... è più semplice che io sia morto, mi sia fatto una passeggiata nell'Aldilà, abbia visto Dio e tutto il resto e poi sia tornato qui o che mi sia rincoglionito?»

«Rincoglionito?» suggerii timidamente.

«Bravo!, vedi che quando vuoi...» mi rispose.

Ancora oggi io mi chiedo cosa successe nella mente e nel cuore di Perez, e quando vedo alla televisione programmi o persone che parlano di queste strane esperienze di solito non cambio canale. Tuttavia, escludendo ovviamente l'Alzheimer, i miei studi mi hanno convinto che l'Aldilà non c'entri nulla e che i tunnel e le luci e le visioni dei trapassati non siano altro che banalissime reazioni fisiologiche al processo di spegnimento cerebrale, allucinazioni di un cervello che si droga da solo liberando fiumi di endorfine. Fin qui la mente, ma per quanto riguarda il cuore di Perez non ho dubbi (e credo non ne avesse neppure lui), la relativa serenità che lo accompagnò nell'ultimo periodo della sua vita era strettamente connessa alla scoperta dell'amore. Non fu la pace interiore a fargli scoprire l'amore ma il contrario: fu la scoperta dell'amore a farlo sentire sereno. Fu proprio quello il miracolo che fece Elena con la sua morte e con quella lettera, fu proprio quella la prima causa del suo benessere, la più semplice di tutti: l'amore.

Naturalmente, come mi disse Tommaso quel giorno "tutto può essere", quindi può essere pure che lui quella notte, in quel mezzo minuto in cui il suo cuore si fermò, varcò davvero la "soglia" e che tutto ciò che gli accadde dopo fu la conseguenza di quell'esperienza soprannaturale, d'altra parte quello sarebbe un passo troppo grande per poi, al ritorno, rimanere gli stessi.

Infine c'è una terza possibilità, la più pragmatica, quella certo meno romantica di tutte: non si può escludere che la riattivazione delle funzioni cerebrali dopo un loro temporaneo spegnimento provochi in molti casi, e da un punto di vista strettamente neurologico, una modifica permanente di alcune aree della personalità e di conseguenza una nuova visione della vita.

Cosa volete che vi dica, ognuno la pensi come gli pare.

Riguardo alla fede, invece, almeno intesa nel senso cristiano del termine, per quanto ne so, Tommaso Perez rimase sempre piuttosto scettico anche se le sue convinzioni sembravano essere meno monolitiche di prima, e il giorno che mi raccontò il "sogno", quando gli chiesi che cosa gli aveva *detto* Elena con quella carezza, mi rispose che quella era l'unica cosa che non ricordava, e con un ghigno sarcastico aggiunse... "combinazione". Tra le sue poche cose e molti libri che mi lasciò in eredità trovai però un foglietto, datato circa sei mesi dopo la morte di Elena:

Se considero l'Universo, gli innumerevoli mondi che lo compongono, i rigorosi equilibri gravitazionali che li sospendono nell'immenso vuoto interstellare, se ne considero la dinamicità, la plasticità, ma nello stesso tempo la perfetta coordinazione di tutti i suoi elementi, se considero la bellezza della Natura e la coscienza umana che la può apprezzare, coscienza attraverso la quale l'Universo è diventato cosciente di sé, se considero che esiste qualcosa anziché nulla come sarebbe stato più logico e facile, se riconsidero tutto questo non solo alla luce della scienza o della filosofia, da cui comunque per carattere e formazione non potrei prescindere, ma anche alla luce dell'Amore, perché di luce si tratta, allora sono portato a credere – o a voler credere? – che l'Universo sia il frutto di un senso intrinseco alle cose. Tuttavia mi sono convinto che in ogni caso non esiste un Creatore, che non è nella trascendenza la soluzione dell'enigma della vita. Trascendenza da chi, poi, o da cosa? Perché allora dovrei pensare a colui che trascende il trasceso, sarei obbligato a chiedermi cioè chi ha creato il creatore, e mi perderei in un regresso infinito.

Da sempre ci fu l'essere, mai ci fu il nulla, o il non essere, ma non posso pensare che l'essere fosse un Creatore Persona, onnipotente e compiuto, perché allora non si spiegherebbe come mai Egli avrebbe avuto la necessità o solo il desiderio di creare, visto che chi è perfetto lo è in sé e non può in nessun caso desiderare o necessitare di qualcosa. Io ipotizzo invece l'immanenza di uno Spirito che pervade il creato, e che il mondo, l'Universo, così come lo vediamo noi, sia illusorio, sia l'emanazione fenomenica del Senso, che possiamo benissimo chiamare Dio. Non c'è fine o scopo in ciò che non è, o se vogliamo è l'essere stesso, ma semmai l'attività dello Spirito è ludica, l'essere si diletta nel mondo, con la stessa spontaneità e semplicità con cui un bambino si diletta nel gioco.

Che altro dire di Tommaso Perez? Com'era?, che faccia aveva?, questo non lo sapete. Innanzi tutto non era così decrepito come parrebbe dalle sue descrizioni, le varie considerazioni che lui fa sul suo aspetto fisico vanno sempre relazionate alla decadenza del corpo invecchiato e malato. Per quel che può valere il mio giudizio era invece un bel vecchio, e si capiva che da giovane doveva essere stato un uomo molto affascinante. Un giorno mi mostrò una foto che lo ritraeva insieme a Dirac e ricordo che rimasi colpito soprattutto da due cose, intanto da come sfigurava Paul Dirac accanto a lui, con quei baffetti radi e la calvizie incipiente, e poi dal suo abbigliamento così informale per quei tempi. Accanto a un Dirac serio impettito e in elegante abito scuro c'era il giovanissimo Perez con un sorriso sfrontato stampato in faccia, in maniche di camicia e senza cravatta.

Un bel vecchio, dicevo: piuttosto alto, molto magro, con i capelli bianchi, ma crespi e disordinati come quelli di un ragazzino. I suoi occhi erano neri come la cenere e penetranti come delle frecce, ma solo se ti *voleva guardare*, altrimenti parevano vuoti, il suo viso era solcato da rughe molto profonde, ma non era flaccido. Soprattutto per leggere si metteva dei vecchi occhialini rotondi – alla John Lennon gli facevo osservare scherzosamente io – che spesso teneva legati al collo con una cordicella. Negli ultimi tempi s'era fatto crescere la barba, anch'essa bianchissima come i suoi capelli, che gli dava un'aria severa e gli nascondeva in parte quello che lui chiamava il "ghigno", un leggero spostamento del labbro inferiore verso destra dovuto ai postumi del'ictus.

21.

Chiudi la porta per favore

Dopo quella sua prima passeggiata per Villa Borghese Perez ne fece altre, all'inizio sempre accompagnato da me poi anche da solo, o con Fardi. Si faceva portare da un taxi fino all'entrata di via Pinciana e poi piano piano raggiungeva la "sua" panchina, proprio di fronte allo Zoo. Si sedeva, ogni tanto si accendeva un sigaro toscano (tutto con una mano sola, ed è stato uno spettacolo vederlo, quando mi è capitato) che nella casa di riposo gli era stato assolutamente proibito fumare e se ne stava lì a guardare la gente. Poi lentamente tornava indietro, attraversava la strada, andava in un hotel proprio di fronte all'ingresso del parco dove conosceva da molto tempo il portiere, si faceva chiamare un taxi e tornava alla casa di riposo. Certe volte entrava allo Zoo, camminava fino al laghetto e guardava le anatre nuotare.

Si stancava facilmente. Ricordo che un giorno mi chiese se potevo accompagnarlo al cimitero da Elena. Fu una sofferenza, intanto perché la tomba era molto lontana dall'ingresso, ma soprattutto perché per arrivarci occorreva salire parecchi gradini, e fare le scale per lui era un'impresa difficile e faticosa. Si appoggiava a me, e io non solo mi limitavo a sorreggerlo, ma cercavo di spingerlo quasi sul gradino successivo, eppure più volte ci dovemmo fermare a riposarci e più volte gli dissi di lasciar perdere, di tornare indietro, ma lui, ostinato come un mulo, volle continuare. Di quella giornata però mi è rimasta un'immagine che non potrò più scordare: la faccia di Perez quando, raggiunta la tomba di Elena, rimase ansimando a fissarla. Grosse lacrime di stanchezza e di pena gli scendevano sulle guance, ma per via delle rughe, non gli colavano giù. Si distendevano, si raccoglievano e formavano una vernice d'acqua su quel viso distrutto. Ancora oggi quando penso a Tommaso è quello il volto che vedo con gli occhi della mente, nei suoi occhi, nelle sue lacrime, sulla sua pelle, in quel momento, c'era tutta la sua storia, tutta la storia di un uomo. Posò su quella tomba tre rose, una per Elena, una per David, una per Karen.

Non avrebbe potuto vivere per conto suo perché, nonostante la fisioterapia, aveva sempre grandi difficoltà a muovere anche di poco il braccio sinistro e la sua mano era rigida e immobile. Non riusciva a vestirsi da solo, perché senza un braccio e con due gambe che camminano lente e si stancano presto non si possono fare troppe cose, ma il suo grado di autosufficienza era migliorato a tal punto che alla fine dell'estate aveva abbandonato del tutto la carrozzella.

Una mattina di novembre, come ogni mattina, andai nella sua stanza per la fisioterapia. Di solito mi aspettava lì, facevamo un po' di esercizi in camera per stare più tranquilli e poi ci trasferivamo in palestra. Non c'era. Strano, pensai, da quando avevamo iniziato a lavorare insieme era la prima volta che non lo trovavo seduto sulla sedia della sua stanza ad aspettarmi. Lo cercai in salone, in palestra, in giardino, niente, non c'era da nessuna parte. Piuttosto preoccupato e con vaghi oscuri presentimenti che mi ronzavano in testa chiesi alla prima infermiera che incontrai se per caso sapesse dove era andato a cacciarsi Perez.

«È uscito» mi rispose quella.

«Uscito?» le domandai ancora decisamente sollevato, «per andare dove?, non esce mai di mattina, dobbiamo fare la fisioterapia.»

«Non lo so, so solo che è uscito con Fardi e Schiavone.»

«Con Fardi e Schiavone? E dove cazzo sono andati?» le chiesi – anzi mi chiesi – sorridendo.

«Secondo me Schiavone li ha portati in qualche bordello» mi disse l'infermiera andando via.

Bel trio per andare a puttane, pensai.

Verso le undici rientrarono, tutti e tre.

«Perez! Complimenti, dovevamo fare la fisioterapia, si può sapere dove cacchio siete stati?»

«Vieni, vieni con noi che ti devo parlare» mi rispose prendendomi sotto braccio.

Andammo in camera loro. Bernabei, il malato di Alzheimer, dormiva angelico come un bambino sotto l'effetto del bromuro che lo rendeva docile docile almeno fino a mezzogiorno. Ci sedemmo chi sul letto chi sulle sedie, Fardi chiuse la porta e poi Perez iniziò a parlare a voce bassa, come un carbonaro. Io ero piuttosto perplesso.

«Ascolta Stefano, abbiamo deciso di andare via di qui ma tu ci devi aiutare.»

«Andare via di quiii?» gli chiesi sempre più incredulo.

«Certo!, portare via i coglioni da questo posto di merda» mi disse Perez serio mentre Fardi e Schiavone annuivano compiaciuti.

«Va be'... posto di merda! Non esageriamo ora...»

«Esagero invece! Vorrei vedere se ci vivessi tu» mi interruppe scaldandosi.

«Embè, io ci lavoro.»

«Non è la stessa cosa, e comunque lasciatelo dire, lavori in un posto di merda!»

«Ok, come non detto, non si arrabbi... ma portare via i coglioni per andare dove?»

«Andiamo a vivere a casa mia, oggi siamo stati lì, avevo già parlato con l'inquilino e preso appuntamento. Volevo fargliela vedere anche a loro prima di decidere e volevo rivederla anch'io che erano sei anni che non ci mettevo piede.»

«Vorreste andare a vivere a casa sua, Perez? Non capisco.»

«Non c'è molto da capire, mi pare.»

«E quelli a cui ha affittato la casa?»

«Se ne vanno, un mese fa mi hanno comunicato che lasciavano libera la casa, si trasferiscono, e allora io da quel giorno ho incominciato a pensarci su e ho realizzato che si può fare... In tre possiamo farcela, sia economicamente che per il resto, loro due sono praticamente autosufficienti, potrebbero vivere anche da soli, e io... mi aiuteranno... mi hanno detto che mi aiuteranno.»

«E perché non mi ha mai detto niente di questa storia?»

«Volevo aspettare di essere sicuro, volevo prima discuterne con loro, altrimenti non se ne sarebbe fatto niente, inutile parlarne. E poi tu hai la lingua lunga, per adesso non voglio che si sappia, ci sono ancora due o tre cose da definire. Alla direttrice facciamo una bella sorpresina, una botta da quattromila euro di meno al mese, eh eh.»

Io ero piuttosto perplesso, cercavo di prendere tempo, l'idea era assurda ma non del tutto. D'accordo, Tommaso aveva bisogno d'aiuto, dalle cose banali come mettere il dentifricio sullo spazzolino o tagliare la carne sul piatto a cose più impegnative come vestirsi, spogliarsi, lavarsi, cambiare il pannolone (che però ormai usava solo di notte). Nello stesso tempo però la sua situazione rispetto a prima era molto migliorata e soprattutto Fardi e Schiavone erano ancora in gamba. Con molta buona volontà, ma tutto sommato senza neppure troppi problemi, ce l'avrebbero potuta fare.

«Va bene, ammesso e non concesso che ce la facciate, per i soldi come fate?»

«Ce la faremo, tranquillo, ho perso l'affitto ma ho sempre la pensione che non sarà un granché però è sempre meglio di niente, poi c'è la pensione di Schiavone che è quasi mille euro e Fardi ha ancora più della metà dell'eredità di Elena anche se quelli per adesso non li tocchiamo. Tutt'al più ce ne servirà solo una piccolissima parte per i lavori. Ce la faremo, vedrai, non è che abbiamo molte pretese, no?» ha detto Perez rivolgendosi a Fardi e a Schiavone che hanno annuito seri.

«Ma i figli di Schiavone lo sanno?»

«A chilli ce penso io guagliò, nun ce stanno probblemi» è intervenuto Schiavone.

«E quando vorreste trasferirvi, sentiamo?»

«L'inquilino mi ha detto che lascia la casa il venti dicembre noi cercheremo di fare in modo di entrarci il ventuno!»

«Il ventuno!, addirittura.»

«Sto scherzando no, sveglia! è un modo di dire per farti capire che abbiamo fretta, ti pare che abbiamo il tempo per fare le cose con calma? Ci andremo il più presto possibile, appena saremo pronti, per questo abbiamo bisogno del tuo aiuto, devi trovarci qualcuno che imbianchi i muri, che faccia qualche modifica nel bagno, bisogna almeno metterci un maniglione, sai... altrimenti mi siedo sul water ma non mi alzo più... e poi si devono sistemare i miei mobili che sono tutti dentro una stanza chiusa a chiave e ci sarà da comprare delle cose... piatti, pentole, lenzuola, ci sarà da intestare le bollette... insomma, ci devi aiutare a sistemare la casa poi una volta dentro ci arrangiamo da noi.»

Cercava di parlare con pacatezza ma tradiva un entusiasmo infantile.

La cosa finì lì, discutemmo ancora un po' su problemi pratici, con me che cercavo di ingigantirli e Perez che li ridimensionava.

Prima di uscire dalla stanza Perez mi chiamò e mi disse, severo:

«Mi raccomando Stefano, per adesso non parlarne con nessuno».

Annuii e me ne andai, ancora perplesso.

Il giorno dopo tornammo sull'argomento. Fui lui a parlarmene mentre facevamo la fisioterapia.

«Allora Stefano, ci dai una mano per quella cosa che ti ho detto ieri?»

«Io ve la do ma lei è sicuro che ne valga la pena?, voglio dire Perez, può fidarsi di Schiavone e Fardi?, ce la faranno?, andrete d'accordo? Perché una cosa è qui dentro e una cosa è vivere insieme, dividere i soldi, affrontare i problemi pratici di tutti i giorni.»

Lui mi guardò con uno sguardo serio, annuì e mi disse:

«Ascoltami Stefano, è vero, lo so benissimo che ci saranno molti problemi, ci ho ragionato sopra per un mese, ci sono tanti contro, ma c'è un pro che li batte tutti... Andarmene da qui, tornare a casa mia, avere un progetto in mente. Ma tu lo sai da quanto tempo non penso al futuro? Ora ci sto pensando, ti sembra poco? E poi in fondo non vivo già con loro, forse? Non dormiamo tutti e tre nella stessa camera?... e in più, detto per inciso, dobbiamo sopportare anche il colonnello che fa casino. Anzi da me ognuno avrà una camera tutta per sé. Certo, se solo avessi una possibilità anche remota di tornare a vivere a casa mia da solo sarebbe tutta un'altra cosa. Ma non si può, non ho i soldi necessari per pagare qualcuno che mi aiuti, li avrei appena appena per vivere, e non posso neppure vendere la casa come nuda proprietà perché l'avevo ipotecata per sostenere le spese degli ultimi tempi di Karen, di fatto è della banca, appena muoio se la prende la banca...».

«Appunto» lo interruppi subito perché in fondo tutta questa storia non mi convinceva e inconsciamente cercavo di dissuaderlo sperando di aver trovato l'appiglio giusto, «e quando dovesse succedere? Dice che ha pensato a tutto, ma se davvero lei dovesse morire, Fardi e Schiavone dove andranno?, la sanno questa faccenda dell'ipoteca?»

«Certo che la sanno, ma non cambia niente. Fardi avrebbe ancora la metà dell'eredità di Elena e comunque a forza di milleduecento euro al mese tra poco più di due anni sarebbe in ogni caso fuori di qui, anzi in questo modo gli dureranno senz'altro di più. Schiavone può ritornarci quando vuole. Come vedi... ci serve solo il tuo aiuto.»

«Ok Perez, lo avrà. Per quanto mi riguarda avrà tutto l'aiuto che vuole.»

Non ce n'è stato bisogno, Tommaso Perez è morto quindici giorni dopo questo nostro discorso, mentre già io mi stavo dando da fare per aiutarlo a organizzare le cose. Sei mesi dopo la sua prima passeggiata a Villa Borghese, alle soglie degli ottantacinque anni. È morto di notte, nel suo letto, per un infarto. "Scompenso cardiaco acuto" la diagnosi scritta sul foglio del decesso. Con ogni probabilità il suo cuore stanco e malandato non aveva retto allo stress che sicuramente gli stava procurando l'idea del trasloco nella sua vecchia casa. Ricordo che in quei giorni era teso, pensieroso, a volte entusiasta del progetto altre volte più titubante, fino quasi a volerlo abbandonare. Certo, se ci fosse andato con Elena...

«Sai, Stefano» mi disse una volta, con quel suo

sguardo che quando voleva ti penetrava come la punta di un trapano, «certi giorni mi chiedo se tutto questo fosse successo con Elena, se fosse con Elena che tra un mese dovessi andare ad abitare a casa mia... e avrei potuto farcela, forse avremmo avuto bisogno di un aiuto ma credo che ce l'avremmo fatta. Se ci penso mi passa perfino la voglia di fare tutto quello che sto facendo, anzi sai cosa ti dico? Lasciamo perdere, la casa l'affitto e vaffanculo a tutti, anche a te.»

«E io cosa c'entro?» gli risposi sorridendo.

«C'entri, perché se non fosse stato per te a quest'ora ero... come dici tu... "inchiodato", ecco, ero inchiodato sulla carrozzella e non mi venivano certe idee per la testa, e non ridere che mi stai ancora più sulle palle.» Ed era serissimo, mentre me lo diceva.

E però altri giorni era felice, piuttosto gasato dalla consapevolezza che tra meno di un mese se ne sarebbe andato via da lì.

«Con Fardi non avrò problemi» mi diceva, «è una testa di cazzo ma mi ama, con Schiavone invece qualche problema ci sarà, importunerà tutte le donne del palazzo, ma sai cosa faccio? Gli rimetto il bromuro nel latte!» E rideva, anzi ghignava.

L'ultima volta che lo vidi fu di mattina. Stava bene. Era sereno. Avevamo lavorato insieme per un'ora buona. Lo salutai con più calore del solito perché mi sarei assentato per qualche giorno, mi ero preso una settimana di ferie per preparare un esame piuttosto difficile, mi pare fosse proprio Neurologia. Gli feci i complimenti perché avevo notato che la forza della sua gamba sinistra, considerando l'età e tutto il resto, era tornata quasi normale. Prima di andarmene gli assicurai che sarei passato a ritirare certi preventivi.

Quando stavo per uscire dalla stanza mi chiamò: «Stefano».

Mi girai verso di lui e gli chiesi: «Cosa?».

Lui mi guardò un attimo senza parlare, esitò ancora, scosse appena il capo e poi mi disse: «Chiudi la porta, per favore».

Ebbi la netta sensazione che mi avesse chiamato per dirmi qualcos'altro ma che all'ultimo avesse cambiato idea.

Gli dissi: «Va bene, ci vediamo la prossima settimana Perez».

Era seduto su una sedia che aveva visto giorni migliori, una di quelle sedie che si potevano trovare – e che si trovano ancora oggi – negli uffici o dietro le cattedre dei professori, quelle con i braccioli, lo schienale e la seduta imbottite e rivestite di plastica nera. Il rivestimento di un bracciolo era rotto, la plastica in un punto era stata strappata via e si vedeva la gommapiuma gialla dell'imbottitura che qualcuno aveva scavato fino a scoprire l'anima d'acciaio. Rispetto a me era di profilo, davanti alla piccola scrivania che usava per leggere il giornale o per scrivere.

Non rispose. Alzò un poco la mano destra in segno di saluto senza più volgere lo sguardo verso di me e fissando il muro di fronte a lui contro il quale era appoggiata la scrivania. Questa è l'ultima immagine che ho di lui. Chiusi la porta.

22.

L'insostenibile incostanza della velocità della luce

Tommaso Perez morì quella stessa notte, e morì guardando la solita crepa sul soffitto, almeno credo, perché questa è l'unica cosa che non so, ma sono sicuro che se davvero la guardava, quella crepa, la vedeva con occhi diversi.

Quando tornai a lavorare, mi dissero che Perez era morto. Prima rimasi per qualche minuto incredulo, spaesato, poi, con l'irruenza dei miei vent'anni, diedi in escandescenza. Entrai come una furia in direzione e litigai violentemente con la direttrice perché non mi aveva avvisato. Questa all'inizio mi rispondeva perplessa, poi cominciò a scaldarsi invitandomi a non mancarle di rispetto visto che, tra l'altro, pensava di non avere colpe (ma d'altra parte forse, a pensarci ora, aveva ragione, perché mai la direzione di una casa di riposo doveva avvisare un suo dipendente in ferie perché un ospite era deceduto?). Come succede spesso in questi casi invece la lite degenerò e alla fine la mandai affanculo e così, prima che lo facesse lei, mi licenziai, o meglio le dissi che mi sarei licenziato seduta stante (ma non prendetemi per un eroe, la decisione di dare le dimissioni per dedicarmi completamente allo studio, ora che la laurea si avvicinava, l'avevo già presa da tempo, semplicemente colsi l'attimo). Così raccattai le mie cose e me ne andai. Prima di uscire, però, entrai per un attimo nella camera di Perez. Appena varcata la soglia una morsa di gelo mi strinse il cuore. Avevo quasi la speranza di rivederlo ancora, magari seduto su quella sedia con i braccioli di plastica nera, invece la sedia era vuota e nel suo letto c'era un vecchio fuori di testa che cercava di scavalcare le sbarre e che appena mi vide mi chiamò chiedendomi qualcosa senza senso. Uscii dalla stanza, dissi alla prima infermiera che incontrai di andare a vedere e me ne andai davvero.

Mi aspettavo di trovare il suo letto vuoto, e già questo mi avrebbe riempito di tristezza, ma vederlo occupato da un altro mi lasciò dentro una desolazione che non mi abbandonò per parecchie settimane.

Gran parte di ciò che ho scritto, come ho detto, è frutto dei diari di Tommaso.

Un giorno, dopo più di un anno da quando avevamo iniziato a parlare sul serio, quando il nostro rapporto si era fatto speciale mi chiese di aprire il suo armadio e di prendere una vecchia scatola, di latta, che un tempo conteneva biscotti inglesi.

«Ascolta, Stefano» mi disse aprendola, «questa scatola è la cosa più preziosa che mi è rimasta, dentro ci sono un po' di cose che ho conservato... lettere, appunti, vecchi quaderni, fotografie che risalgono alla notte dei tempi... e poi ci sono questi due diari... chiamiamoli così, che ho scritto qui, quando non avevo niente da fare...» e mi guardò con una espressione ironica e d'accusa. «Mi sarebbe piaciuto farli diventare un libro, una sorta di romanzo autobiografico, ma temo di essere troppo vecchio per esordire, però vorrei che li leggessi almeno tu. Non ora, quando non ci sarò più. Magari sono un po' confusi, e la mia calligrafia è quasi illeggibile. Di buttarli via però non me la sento, perché qui c'è un pezzo della mia vita, quindi per quello che valgono te le lascio in eredità insieme ai miei libri e ai dischi di opera lirica. Fanne quello che ti pare, non leggerli se non ti va, ma tienili tu, perché non vorrei che il giorno che muoio la prima ausiliaria che viene a sbaraccare, quando si accorge che nella scatola non ci sono soldi, getti via tutto. Mica per altro, se devono essere buttati nella spazzatura vorrei che fossi tu a farlo, almeno sono sicuro che lo farai con un po' di sentimento.»

Riposi quella scatola in un cassetto di camera mia (abitavo ancora con i miei genitori), senza neppure aprirla, e poi, solo dopo la sua morte, iniziai a leggere tutto, non solo i diari. Ci volle tempo, quasi un anno, ma da quella lettura ho scritto quanto avete letto. Dentro alla scatola c'era anche la lettera di Elena. Dietro alla lettera c'era un breve appunto di Tommaso che riporto testualmente:

Come ho potuto essere così cieco, anzi sordo! Come ho potuto non ammettere quanto ti amassi, non sentirlo, far finta fino a convincermene che quello che provavo per te non fosse amore. E cos'era allora? Se il tuo era l'unico sguardo che cercavo, se la tua compagnia era l'unica che volevo, se non mi sentivo solo solo quando ero con te? Ora lo so che era amore. Che è amore. E non te l'ho neppure detto!, mi sono privato della gioia di dirti ti amo, e ho privato te della gioia di sentirtelo dire, che stupido sono stato. Quando ero con te non ero più arrabbiato, quasi non pensavo più alla mia malattia, alla vecchiaia, al fatto di essere qui. Ce ne stavamo in giardino tranquilli... in silenzio e io stavo così bene, e mi chiedevo perché, mi chiedevo quale sorta di incantesimo avessi fatto su di me e non me lo riuscivo a spiegare... ora lo so cosa mi avevi fatto, non era mica un incantesimo. Era amore, o magari sì, era un incantesimo.

Qualche mese dopo la morte di Tommaso andai all'Osservatorio Astronomico di Monte Mario. Avevo preso appuntamento col dottor Manfredi, il suo vecchio assistente, perché, con l'idea di scrivere questo libro, volevo che mi raccontasse qualcosa di Perez e di quella sera.

Quando al telefono gli parlai dell'idea del libro ne fu entusiasta e quando ci incontrammo, fu gentile e molto disponibile. Io avrei preferito andarci di notte, ma Manfredi mi disse che di notte in quel periodo era piuttosto indaffarato e che non avrebbe potuto dedicarmi molto tempo, così decidemmo di vederci nel pomeriggio e passammo più di due ore insieme. Prima mi mostrò l'Osservatorio, mi fece salire sulla cupola, mi illustrò gli strumenti e poi, nel suo studio, davanti a una tazza di tè fumante, mi parlò di Perez. Il dottor Manfredi era un tipo alla buona, schietto e genuino. Per essere uno scienziato devo dire che non se la tirava per niente, e anche nel parlare era incredibile, magari mi diceva cose pazzesche ma con una chiarezza e semplicità disarmante. Nell'osservarlo capii perché era diventato amico di Tommaso. Mi fece ridere, riflettere, commuovere. Ridere, quando mi raccontò di certe mitiche sfuriate di Perez con il direttore di allora che proprio non sopportava e del vezzo di chiamarlo Cesarone. Commuovere, quando mi raccontò di quella sera. Riflettere, quando mi disse che il Tommaso Perez che aveva conosciuto era un uomo molto esigente, certo – ma prima di tutto con se stesso – a volte scorbutico, d'accordo, spesso inquieto, va bene, sicuramente dissacrante, disincantato e pragmatico fino all'eccesso, già allora abbastanza misantropo, ma che secondo lui era soprattutto un uomo leale e generoso, anzi, udite udite, altruista. Usò questa parola: "altruista". Perez, che non credeva nell'altruismo, secondo Manfredi lo era, e secondo me pure.

E infine mi raccontò la cosa più importante, quella che non conoscevo, o meglio che Tommaso mi aveva solo accennato senza farmi minimamente capire quanto fosse stata significativa per lui... "Inutile parlarne una volta passati i trent'anni!"

«Vede» mi disse, «il professor Perez ha inseguito per tutta la vita un sogno di cui non parlava volentieri perché, diceva, era stato il segno del suo fallimento, quello di dimostrare un'idea che aveva ipotizzato fin dai tempi di Cambridge, credo addirittura fin dai tempi dell'Università. Si era messo in testa che la velocità della luce, almeno agli esordi della Creazione, non fosse stata costante e che all'origine fosse stata molto più elevata, contraddicendo Einstein e la relatività ristretta. Se fosse davvero così, si spiegherebbero molte cose, e molti conti che non tornano probabilmente tornerebbero e forse si spiegherebbe perché, ad esempio, l'Universo non è subito collassato su se stesso e perché è in equilibrio quando non lo dovrebbe essere. Solo che ad affermare una cosa del genere, soprattutto a quei tempi e senza uno straccio di equazione che lo dimostrasse, era come dire che la Terra gira intorno al Sole ai tempi di Galileo. Anche perché Perez, tanto per non farsi mancare niente, era convinto che anche adesso, in certe zone remote del cosmo, la luce viaggi molto più veloce. E allora, se fosse davvero così, anche l'immutabilità delle leggi naturali fondamentali andrebbe riconsiderata, e andrebbe ripensata tutta la fisica. E poi ci troveremmo di fronte a dei paradossi mica da ridere perché *in teoria* la freccia del tempo dovrebbe invertirsi e quindi la causa verrebbe prima dell'effetto. Insomma, un gran casino, parliamoci chiaro. Eppure c'era andato vicino, sa? Nel suo periodo più fertile, quando col gruppo di Dirac avevano creato il primo mesone artificiale, ha creduto di aver dimostrato l'insostenibile, almeno per qualche ora, credo che avesse pensato di avere l'equazione giusta in mano e il Nobel in tasca, poi si accorse che il modello matematico che aveva elaborato era viziato da un errore di metodo che invalidava tutte le sue conclusioni. Però s'immagini quelle due ore cosa doveva aver provato... mamma mia se ci penso, roba da farsi venire un infarto... e immagini poi, dopo, la delusione. Infatti da quel momento ci mise una pietra sopra, anche se sono sicuro che non smise mai di pensarci né di credere di aver ragione. Mi ricorderò sempre che un giorno, l'unico in cui ne parlammo davvero a fondo, mi disse che la sua più che un'ipotesi era una "visione" e che le visioni "si hanno" non si formulano, e dunque per essere certi che siano vere non è necessario dimostrarle, ma che se non le dimostri le devi tenere per te altrimenti ti prendono per un visionario! Pensi lei... In ogni caso, visionario o no, guardi un po' qui...» e mi mostrò un articolo che aveva appena scaricato da internet su una ricerca recente dove un gruppo di scienziati di una qualche prestigiosa Università australiana, asseriva proprio questo, con tanto di titolo in grande evidenza. Mi spiegò che era un'ipotesi formulata per via indiretta, ma che intanto per giustificare non so che cosa riguardo l'osservazione di un quasar, il rallentamento nel tempo della velocità della luce sembrava essere la risposta più probabile, anzi, forse, l'unica possibile.

Io credo che la grandezza degli uomini si misuri con la grandezza dei loro sogni e con la loro capacità di realizzarli, ma ci sono sogni così grandi che fanno grande un uomo solo per essere riuscito a pensarli e per avere provato a realizzarli. Quindi non lo so se la velocità della luce *un tempo* non era costante, ma so che un uomo che ha avuto per tutta la vita il sogno di dimostrarlo, anche se poi non l'ha dimostrato, ha cullato un grande sogno, uno di quei sogni per cui vale la pena di vivere e di vivere una vita che vale la pena di essere raccontata.

Chissà dove sarà ora il mio amico Perez. Sarà stato inghiottito dall'eterno nulla o sarà, invece, in qualche modo e in qualche forma, davvero con Elena? E lo saprà, adesso, a che velocità viaggiava davvero la luce quando nessuno poteva osservarla? E avrà parlato con Dio?, si sarà fatto spiegare perché consente il dolore del mondo, o non ce ne sarà stato neppure bisogno?

Per come la vedo io adesso il professor Perez è in Paradiso, perché all'Inferno non ci credo e il Purgatorio non è da lui. E sono sicuro che starà bene, sarà felice, anche se non escludo che abbia portato anche lì un po' di scompiglio e che le anime degli altri beati, quando sono tra loro, lo chiamino "Mister Vaffanculo".

Post scriptum

Quando andai da Manfredi non avevo ancora letto tutti gli appunti di Tommaso, anzi non ero neppure a metà, ma poi, soprattutto negli scritti più vecchi, trovai parecchi riferimenti alla sua "visione", tuttavia ho preferito riportala così come ne sono venuto a conoscenza. Per il resto ho mantenuto la prima persona, e molti passaggi li ho trascritti identici, ma ne ho fatto qualcosa di organico, visto che il tutto era di fatto una sorta di diario ma senza né capo né coda: frasi, pensieri in libertà, formule matematiche, appunti tecnici per me indecifrabili e addirittura brevi racconti di episodi avvenuti scritti come se fossero già pronti per il suo romanzo autobiografico con tanto di colloqui e descrizioni di luoghi e ambienti. Molte cose poi sono frutto dei nostri discorsi. Insomma, ho un po' mischiato le carte, o meglio, le ho ordinate!, e mi sono preso qualche licenza letteraria, lo ammetto, ma sono certo che Tommaso sarebbe contento del mio lavoro. Lo so, lo sento, e d'altra parte facendo miei certi insegnamenti di Perez e parafrasando le parole di una canzone che ogni tanto gli cantavo, quel che posso dire a mia discolpa è: che cosa vi aspettavate da me? Non sono uno scrittore, questo è logico, saluto tutti senza inchino e vado via sfumando.

Nota dell'autore

Il nome "Tommaso Perez" me lo ha suggerito *Lo Straniero* di Camus. Tommaso Perez era l'amico della mamma di Meursault, anche loro ospiti di una casa di riposo. «A questo punto il direttore ha sorriso. Mi ha detto: "Capirete è un sentimento un po' puerile. Ma lui e vostra madre erano sempre insieme. All'ospizio, li prendevano in giro, dicevano a Perez: 'È la tua fidanzata'. Lui rideva. Era una cosa che faceva loro piacere. E senza dubbio la morte della signora Meursault è stata un colpo duro per lui"».

La frase "[...] grosse lacrime di stanchezza e di pena gli scendevano sulle guance, ma per via delle rughe, non gli colavano giù; si distendevano, si raccoglievano e formavano una vernice d'acqua su quel viso distrutto" in realtà è di Camus quando descrive il viso di Tommaso Perez davanti alla tomba della signora Meursault.

La ricerca sulla velocità della luce a cui fa riferimento "Cesarone Manfredi" è di un gruppo di astrofisici dell'Australian Centre for Astrobiology della Macquarie University di Sidney, tra i quali spicca la firma prestigiosa di Paul Davis, fisico teorico di fama mondiale.

Ringraziamenti

Ringrazio Massimo Ramella, astrofisico dell'Osservatorio Astronomico di Trieste (INAF), e Alessandro Petrolini, fisico dell'Università di Genova e dell'Istituto Nazionale di Fisica Nucleare (INFN).

Indice

PRIMA PARTE
Guardando una crepa sul soffitto

SECONDA PARTE
Che cosa ti aspetti da me?

TERZA PARTE
Chiamatemi Stefano

Finito di stampare nel marzo 2009 presso
il Nuovo Istituto Italiano d'Arti Grafiche - Bergamo
Printed in Italy

RCS Libri

ISBN 978-88-17-01149-5